VŒU CAPTIF

MARIAGES MAFIEUX LIVRE 2

WILLOW FOX

SLOWBURN
PUBLISHING

Vœu Captif

Mariages mafieux Livre 2

Willow Fox

Publié par Slow Burn Publishing

Cover Design by MiblArt

© 2021

Traduction par berenicehamza

v3

1

PAIGE

JE DEVRAIS PARTIR avant de me faire assassiner.

Tout semble éteint.

L'odeur de la fumée de cigarette éventée flotte dans l'air et me brûle les narines. Le papier peint à fleurs est d'un vieux jaune sale.

Les poils de mon bras se hérissent.

Je devrais faire demi-tour.

M'enfuir.

Mais j'ai besoin d'un travail et le panneau en bois accroché à l'extérieur, grinçant dans le vent avec les mots Nanny Agency, Inc. a attiré mon attention.

« Bonjour ? » J'appelle dans un couloir vide.

Je m'avance dans le bâtiment en briques d'un étage. L'endroit semble neuf de l'extérieur, mais l'apparence à l'intérieur raconte une autre histoire.

Un homme à l'accent italien rude me prend au dépourvu alors qu'il sort d'une cage d'escalier arrière.

Brusquement, il ferme la porte derrière lui.

« Puis-je vous aider ? » demande-t-il. Il me regarde attentivement, de haut en bas.

Est-ce qu'il me reluque ?

C'est dégoûtant !

Il n'est pas le moins du monde attirant, avec ses sourcils broussailleux et une épaisse cicatrice rouge en relief sur sa joue et ses bras. On dirait que Crochet a laissé sa marque après s'être battu avec un crocodile.

Bien que je réalise que je ne suis pas habillée en costume ou en blazer, je porte un joli jean et un chemisier. Je n'avais pas l'intention de m'arrêter pour un entretien, juste pour une demande.

« J'ai vu votre enseigne quand je passais en voiture », dis-je.

Il s'approche et tend la main vers le haut-parleur, augmentant le volume de la radio, bien que je n'aie pas la moindre idée de la raison.

Il n'y a que nous deux dans le bâtiment.

C'est un geste plutôt impoli, et j'ai presque envie de m'enfuir avant de finir haché dans sa cave, mais j'ai aussi besoin d'un travail. Et je suis bon avec les enfants.

A part M. Ogling Scar Face, il n'y a personne d'autre que je remarque dans le bureau.

Je recommence, en me disant que je devrais peut-être être plus directe dans mon approche. « Je suis Paige Stone. J'ai une expérience antérieure en tant que directrice d'école maternelle et propriétaire d'un établissement préscolaire à Spring Valley. J'aimerais savoir si vous avez des places de nounou disponibles. »

« Nous avons une ouverture que nous n'avons pas encore pu remplir », dit le monsieur. Il me regarde à nouveau de haut en bas.

Est-ce que mon apparence lui pose problème ? Je baisse les yeux pour m'assurer qu'il n'y a pas une tache sur ma chemise ou un trou dans mon jean que j'aurais manqué.

« Vous êtes un peu plus âgée que nos filles habituelles qui viennent ici. »

« Je ne sais pas quel genre d'opération de nounou vous dirigez ici, mais j'ai beaucoup d'expérience, et en ce qui me concerne, si vous faites de la discrimination basée sur l'âge ou la morphologie, je contacterai un avocat. »

Ses sourcils se crispent.

« Ce n'est pas nécessaire », fulmine-t-il. Ses mains se serrent comme des poings.

Ma menace semble l'avoir intimidé.

Bien !

J'attrape une carte de visite sur le bureau voisin, prête à porter plainte s'il ne me donne pas au moins un formulaire à remplir.

« Êtes-vous Vance DeLuca ? » Je demande, en lisant le nom sur la carte.

« Je le suis », dit-il.

Il n'y a pas l'ombre d'un sourire, et tout l'endroit respire le trouble, mais je n'ai pas l'intention de faire la nounou pour lui ou sa famille. Il est juste l'intermédiaire, le courtier, et j'ai besoin d'un travail.

2

PAIGE

LA SONNETTE RETENTIT lorsque je mets le pied dans le petit café. Je suis en avance pour mon entretien d'embauche et je ne veux pas me montrer avant mon rendez-vous.

Heureusement, je n'ai dû attendre qu'un jour pour l'entretien.

Dormir dans ma voiture, ça craint.

Je prends un café hors de prix, puis un siège à une table, en gardant un œil sur l'heure.

Mon attention est principalement portée sur mon téléphone. Le café à deux heures de l'après-midi est plutôt calme, à l'exception du sifflement et du tourbillon des machines lorsque le barista prépare un café pour un autre client.

Je lève brièvement les yeux de mon téléphone et lui offre un faible sourire.

J'ai grandi à Breckenridge, mais j'ai l'impression que c'était il y a une éternité. La dernière fois que je suis venue ici, j'ai aidé à emballer la maison de maman et je l'ai fait emménager chez moi. Maintenant qu'elle est partie, revenir à la maison est une bonne chose.

Peut-être que c'est parce que la ville a de bons souvenirs.

Qui a dit qu'on ne pouvait pas rentrer à la maison ?

Du moins, je veux croire que c'est le cas.

Un autre coup d'œil à mon téléphone et le poste que l'agence de nounous a suggéré pourrait me convenir.

Homme d'affaires cherche nounou à plein temps pour fille à besoins spéciaux. Comprend le gîte et le couvert ainsi qu'un modeste salaire.

Le monsieur au comptoir prend sa boisson et s'arrête, me regardant. « Paige ? »

Il est grand, beau, et a une pléthore d'encre qui couvre sa peau. Il est agréable à regarder, et mon regard tombe rapidement sur l'alliance qu'il porte.

Mince.

« Oui ? » Je ne le reconnais pas.

Mais il me connaît.

« Wow, tu ne te souviens pas de moi. N'est-ce pas ? » me demande-t-il.

Je souris d'un air penaud et mets une mèche de cheveux derrière mon oreille. Je doute qu'il ait été couvert d'encre la dernière fois que je l'ai vu.

Son sourire est large et lumineux. Il a l'air sincèrement heureux.

C'est comme ça que je veux me sentir. J'espère que vivre ici, déménager ici, peut m'apporter ce même type de joie.

« Jaxson Monroe », dit-il en me tendant la main.

Je souris et acquiesce, faisant semblant de le reconnaître. « Bien. »

Je ne pourrais jamais être une actrice. En toute honnêteté, je n'ai aucune idée de qui il est, mais il est magnifique. Comme s'il sortait tout droit de la couverture d'un livre d'amour.

« Tu ne te souviens pas de moI », dit-il.

Eh bien, il sait qui je suis. Mon nom n'est pas si commun. « Je suppose que je n'ai pas beaucoup changé », dis-je en riant. « Je parie que tu n'avais pas ces tatouages la dernière fois qu'on s'est vus. »

Jaxson sourit chaleureusement et rit. Il secoue la tête. « Je dirais que non. Le lycée est la dernière fois que nous nous sommes vus, mais je dirais que nous sommes allés au collège et à l'école primaire ensemble. Je ne me sentirai pas offensé. Promis. » Il fait un geste d'honneur de scout.

Il n'a pas vraiment l'air d'un scout, mais je souris poliment. J'ai collé un sourire sur mon visage pour ne pas avoir l'air trop mal à l'aise.

Il ne se rend pas compte que je suis mal à l'aise, ou alors il fait partie de ces types super sympas et extravertis qui ne réalisent pas que les autres ne sont pas très doués pour faire la conversation.

Il a de la chance.

Je ne le suis pas.

« Tu rends visite à ta famille ? » Jaxson demande.

Mes lèvres se serrent pendant une brève seconde. « Non. J'ai décidé de revenir ici pour un travail. » Je regarde ma montre. « Je dois me rendre à un entretien. »

Je me lève et j'emporte les restes de mon café, que je jette à la poubelle.

« Bonne chance. »

« Merci. C'était sympa de te revoir, Jaxson », je dis par-dessus mon épaule.

————

Le café boutique était lumineux, ensoleillé, et se sentait amical, probablement parce que je suis tombé sur Jaxson.

Je me suis garé devant l'adresse pour mon entretien. C'est un bar de plongée.

« Sérieusement ? »

Quel genre d'homme d'affaires passe un entretien pour une nounou dans un bar ? J'ai besoin de ce travail, et être prétentieuse ne va pas m'aider à le décrocher.

Je suis seulement en avance de cinq minutes. Je mets mon téléphone en mode silencieux, prends mon CV sur le siège avant et sors de ma berline.

Je claque la porte de la voiture et me dirige vers l'intérieur en portant une jupe trapèze, un chemisier, un pull à manches courtes et des talons hauts.

Habillez-vous pour l'emploi que vous voulez.

Que porte une nounou, exactement ?

Je ne suis pas Mary Poppins. Et soyons honnêtes, j'ai plus besoin de ce travail qu'elle ne l'a jamais fait.

Si je n'ai pas ce travail, je dormirai dans ma voiture indéfiniment.

Chaque centime a été dépensé pour les factures d'hôpital, les funérailles et pour prendre soin de ma mère avant sa mort.

La porte est lourde et grince sur ses charnières lorsque je l'ouvre d'un coup sec.

Il faut un moment à mes yeux pour s'habituer à la pénombre et je jette un coup d'œil autour de moi, à la recherche d'un homme en costume d'affaires.

Il n'y a pas grand monde dans le bar. Deux hommes jouent au billard dans des vestes en cuir. Ils appartiennent probablement à un club de motards.

Le barman fait un signe de tête vers le fond du bar.

Il y a une cabine dans le coin. La table porte une pancarte indiquant qu'elle est réservée.

Je m'avance vers le gentleman assis dans la cabine. Les poils de mes bras se hérissent. Il y a quelque chose qui cloche, mais je mets mes craintes et mon anxiété de côté.

C'est probablement moi qui suis nerveuse.

« Bonjour, je m'appelle Paige Stone », dis-je en tendant la main pour me présenter.

« Moreno RiccI », présente-t-il. « Je vous en prie, asseyez-vous. »

La cabine est incurvée, et je fais de mon mieux pour m'asseoir le plus loin possible de lui. Ce n'est pas un rendez-vous. Je ne veux pas qu'il se sente à l'aise.

Pourquoi n'a-t-il pas choisi une table ou une cabine où nous serions assis l'un en face de l'autre ? Bon sang, pourquoi n'a-t-il pas choisi un autre endroit pour se rencontrer ?

Il est vêtu d'un costume, d'une chemise blanche impeccable et d'une cravate sans défaut. « Parlez-moi de vous, Paige. »

Sa question a presque l'air trop personnelle, comme un rendez-vous. Mais je sais que je me trompe. C'est un entretien d'embauche.

Il sera mon patron si je suis engagée.

« Oui, bien sûr. » Je fais glisser une copie de mon CV. Je garde aussi une deuxième copie pour moi, pour y jeter un coup d'œil de temps en temps. Cela m'aide à me concentrer sur ce que je veux dire et m'empêche d'oublier quelque chose d'important.

« Je possédais et exploitais une école maternelle à Spring Valley jusqu'à la fin de l'automne dernier, lorsqu'un acheteur a proposé de racheter l'établissement. »

Je ne veux pas élaborer sur la raison pour laquelle j'ai vendu l'entreprise.

Sauf s'il le demande.

Ses yeux se crispent et il fait un faible signe de tête. « Posséder une école maternelle n'est pas la même chose que de travailler avec des enfants. »

« J'ai un diplôme en éducation de la petite enfance et j'ai passé une décennie à enseigner à des enfants d'âge préscolaire et à écrire un programme que d'autres enseignants utilisaient pour mon école maternelle privée. Vous avez mentionné dans votre annonce que votre fille a des besoins particuliers. J'ai beaucoup d'expérience dans le travail avec une variété d'enfants ayant des besoins uniques. »

« Tout cela est très bien », dit Moreno, « cependant, vous devez comprendre que, puisque ce travail inclut le gîte et le couvert, vous pourriez voir des choses dont je ne peux pas vous laisser poser des questions ou parler à qui que ce soit. »

« Je ne connais personne icI », je dis. Eh bien, ce n'est pas vrai. Je ne connais presque personne. Je suis tombé sur Jaxson plus tôt ce matin, mais il ne compte pas vraiment. Ce n'est pas comme si on était amis et qu'on partageait des secrets. Je ne sais pas où il vit. ni son numéro de téléphone. Il est aussi marié, d'après ce que j'ai pu voir, la bague est un signe évident.

Je n'ai pas vraiment gardé le contact avec mes amis d'enfance. La plupart d'entre eux ont déménagé, je suppose.

Moreno serre les lèvres. « Le secret est attendu et considéré comme très important par-dessus tout. »

Il récupère une mallette et en sort une série de papiers et un stylo.

« Si vous êtes intéressé, mon employeur et moi exigeons que vous signiez ces papiers pour nous assurer que vous comprenez vos responsabilités et que vous garderez confidentiel tout ce que vous verrez ou entendrez. »

« C'est tout. Je signe les papiers et le poste est à moi ? » Je demande.

Je n'ai même pas encore rencontré la petite fille dont je suis censée être la nounou, mais je ne peux pas imaginer qu'une petite fille de quatre ans soit à ce point une terreur. Même si elle l'est, j'ai besoin de ce travail, et Moreno semble avoir besoin de moi.

« Vous devrez rencontrer ma fille, Nova, mais cela ne peut se faire qu'après avoir signé les papiers », dit Moreno.

Je ne peux pas imaginer qu'il ait amené Nova avec lui. « Vous êtes le propriétaire de cet endroit ? » Je demande, en regardant autour du bar. Je ne peux pas comprendre pourquoi il a suggéré que nous nous rencontrions ici.

« Mon patron est le propriétaire de l'endroit », dit Moreno en se raclant la gorge.

A-t-il remarqué mon malaise ?

« J'apprécie la discrétion qu'on m'offre icI », dit-il.

« Je vois. »

« Et vous ? » Moreno demande.

Non, pas vraiment. J'attrape les pages de documentation qu'il m'a demandé d'examiner et de signer. « L'agence m'a déjà fait remplir un tas de papiers », dis-je.

« Oui, je suis sûr qu'ils l'ont fait, mais nous exigeons que toute personne venant chez nous comprenne et respecte nos règles. De plus, le contrat d'embauche est avec nous. Nous payons l'agence pour qu'elle vous amène chez nous. »

Mon attention revient sur le paquet de documents qu'il veut me faire signer. Il y a une page entière sur la discrétion, le secret, et que je dois toujours suivre ses instructions.

Il a un peu de complexe. Ça, c'est sûr.

Mais ce travail est mieux que de dormir dans ma voiture. Et si je peux postuler au café où je me suis arrêté ce matin, je doute que cela me permette de louer un appartement sur place.

Le fait que l'on m'offre le gîte et le couvert en vaut la peine.

Je griffonne mon nom sur la ligne et je paraphe les pages individuelles qu'il tapote une à une.

Je passe en revue les détails du contrat. Il y a quatre-vingt-dix pages. Je serais ici toute la journée si je lisais chaque ligne, mais j'ai compris l'essentiel. Ne divulguez rien de ce que je vois, entends ou trouve.

Satisfait de ma signature, il remet les pages dans sa mallette et se glisse hors de la cabine. « Si vous voulez me suivre, je peux vous conduire à la propriété. »

Je me glisse hors de la cabine et me lève, en lissant ma jupe.

Moreno fait de longues et rapides enjambées, et je dois pratiquement courir avec mes talons hauts pour le rattraper.

Il ouvre la lourde porte en bois, et la lumière vive de l'après-midi m'oblige à plisser les yeux.

« Où est votre véhicule ? »

Je lui montre du doigt la berline à deux portes. Ce n'est pas grand-chose, mais je n'ai pas eu besoin de quelque chose d'extravagant.

Il grogne dans son souffle. « Ça ne va pas te permettre de monter et de faire le tour de la montagne en hiver. Je vais y aller doucement puisque je parie que vous n'avez pas de transmission intégrale sur cette chose. »

« Vous voulez me donner l'adresse pour que je la mette dans mon téléphone ? »

« Le GPS est inefficace icI », dit Moreno. « Surtout quand on s'éloigne des sentiers battus. »

« Oh, ok. » Je monte dans ma voiture et je suis Moreno dans son SUV noir brillant. Il a l'air tout neuf, même les roues brillent.

Je conduis une boîte de vitesses manuelle, et je rétrograde en le suivant dans la montagne, puis en quittant la route principale. Nous roulons un moment avec la forêt de part et d'autre, puis à gauche se trouve une clairière, des champs ouverts et des meules de foin en abondance.

C'est magnifique.

Moreno allume son signal, et nous descendons une allée étroite. Les arbres surplombent la route, la faisant ressembler à un pont alors que nous approchons de la propriété.

Des grilles en fer forgé s'élèvent au-dessus et s'étendent aussi loin que je peux voir. Nous nous arrêtons, et il y a une tour de garde avec un homme à l'intérieur de la cabine.

La forêt est au loin, mais une clairière s'étend sur deux propriétés, avec une énorme cabane en rondins. C'est isolé mais magnifique. La cabane est fraîchement teintée, le bois est brillant avec le soleil qui brille contre lui, et énorme. On pourrait très bien la décrire comme un manoir, mais de l'extérieur, elle est rustique, sans la moindre fioriture.

Que fait exactement Moreno pour vivre ?

Les portes s'ouvrent et je passe lentement derrière Moreno, remerciant le garde d'un bref signe de tête en entrant dans les locaux.

Sécurité privée ?

J'ai touché le jackpot en obtenant le gîte et le couvert dans un endroit comme celui-ci.

C'est mieux que de dormir dans ma voiture.

Pour qui Moreno travaille-t-il ?

La C.I.A. ?

3

MORENO

JE GARE le SUV devant la maison et j'attends que Paige se gare derrière moi.

« Prêt ? » Ce n'est pas vraiment une question. Je l'escorte à l'intérieur, la porte d'entrée est verrouillée et le système de sécurité est armé. Je l'ai désarmé en entrant. Il y a aussi un garde en service à l'entrée principale du foyer.

Leone n'est généralement pas de service à l'entrée principale. La plupart du temps, nous n'avons pas besoin d'un garde pour surveiller la porte puisque nous avons une barrière de garde à l'entrée principale.

Mais aujourd'hui, c'est différent.

Faire entrer un étranger dans l'enceinte nécessite des précautions supplémentaires. Leone a été chargé de surveiller la nouvelle nounou lorsqu'elle n'est pas accompagnée par Don Ricci ou moi.

Paige est silencieuse et suit à pas feutrés. Ses talons claquent contre le parquet alors qu'elle me suit à travers le foyer et le couloir jusqu'à la salle de jeux en bas.

« Tu as décidé de porter ça à un entretien pour un poste de nounou ? » Je jette un coup d'œil à Paige. D'ici à ce que nous ayons terminé, elle aura probablement ruiné ses beaux vêtements.

Elle fronce les sourcils et arrange sa veste et sa jupe.

Je l'ai sans doute insultée, mais elle a déjà travaillé avec des enfants. Elle possédait une école maternelle. Paige aurait dû s'attendre à porter quelque chose d'un peu plus pratique.

« Vous avez une belle maison. » Elle a ignoré ma remarque.

« Merci. » Je ne la corrige pas pour lui dire que ce n'est pas ma maison. Dante m'a offert le privilège de vivre sous son toit. C'est un honneur, et comme il a huit chambres, il n'y a pas de problème d'espace.

De plus, Luca et Nova sont pratiquement inséparables, à l'exception de la période où Luca est au jardin d'enfants.

Je me dirige vers la salle de jeux et découvre Luca en train de peindre sur la toile et Nova en train de prendre le thé avec ses peluches.

L'attention de Dante est portée sur son téléphone, il est dos au mur, appuyé contre celui-ci. « Oh bien, tu es là avec la nouvelle nounou. » Il lève à peine les yeux. « Nikki avait un rendez-vous chez le médecin. Je dois vérifier une livraison qui arrive. Est-ce que tu as ça ? »

« Oui, patron. »

Dante est sorti de la salle de jeux.

C'est toujours du business. Je suis honnêtement choqué qu'il n'ait pas demandé à Leone ou Rhys de surveiller Nova et Luca, bien que la dernière fois que Rhys a été invité à s'asseoir, les murs étaient couverts de marqueurs permanents.

« Salut, Moreno », dit Luca. Il me tourne le dos tout en continuant à peindre une image de notre maison.

Je m'éclaircis la gorge. « Nova, nous avons un visiteur. »

Elle lève les yeux de son goûter et cligne ses yeux bleu brillant. Elle a le baby blues de sa mère et des cheveux blonds comme des fraises. Certains jours, je me demande si elle est vraiment de moi, mais je sais qu'elle l'est. Serene n'avait été qu'avec un seul homme, jamais.

« Nova, viens par ici. »

Elle hésite, comme toujours.

« Nova », je répète. J'essaie de rester calme. J'ai besoin de ça pour travailler avec la nouvelle nounou. Je ne peux pas garder un œil sur Nova et continuer à jouer mon rôle de second de Dante.

Être le sous-fifre du chef de famille n'est pas une tâche facile. Ce n'est pas un travail de neuf à cinq. Tout ce dont Dante a besoin, je le fais pour lui.

Sans mot dire, Nova repousse la chaise. Elle grince contre le plancher avant de se renverser derrière elle.

Elle est peut-être muette, mais ses actions n'ont rien à voir avec cela.

Nova se lève, mais elle n'écoute pas. Elle ne m'écoute jamais.

Avec un gros soupir, je m'approche et attrape le bras de Nova, l'amenant vers Paige.

« Paige, voici ma fille, Nova. »

« Salut, Nova », dit Paige, et immédiatement elle se penche à la hauteur de Nova. « J'aime ta collection d'animaux en peluche. »

Nova se ronge la lèvre inférieure et regarde ses peluches par-dessus son épaule.

« Est-ce que tu pourrais me montrer tes amis ? » Paige demande à ma fille.

Nova jette un regard de la nounou à moi.

« Vas-y, tu peux lui montrer tes jouets », lui dis-je.

Croisant mes bras sur ma poitrine, je regarde leur interaction.

Paige parle doucement à Nova et lui sourit chaleureusement. Elle essaie d'apaiser les craintes de ma fille. Je comprends cela.

Mais ça ne marchera pas.

Nova a besoin d'une main ferme et d'une figure forte et autoritaire. La dorloter est la dernière chose à faire pour améliorer la situation. Elle n'écoute pas, son esprit est constamment en état de rêverie et de vagabondage.

« Quel est ton ami préféré ? » demande Paige.

Nova ne répond pas.

« Elle ne peut pas te répondre », je le rappelle à Paige.

Ses yeux se resserrent, et elle sourit chaleureusement à Nova. « Je reviens tout de suite. »

Nova écarquille les yeux et se laisse tomber sur le sol pour s'asseoir avec ses peluches, les jambes repliées sous elle.

« Je peux te parler, seule à seule ? » Paige demande.

Il y a un feu derrière son regard.

Elle va apporter des problèmes.

PAIGE

« PUIS-JE VOUS PARLER EN PRIVÉ, MONSIEUR ? » Je demande.

« Bien sûr. Pourquoi ne pas sortir dans le couloir ? » Moreno me conduit hors de la salle de jeux, mais nous sommes toujours en vue de Luca et Nova.

Son attention semble être sur eux plus que sur moi.

« Si vous m'engagez pour m'occuper de votre fille, j'attends de vous que vous écoutiez mon expertise en tant que soignant », dis-je. Je sais que j'ai dépassé les bornes. Son stupide contrat stipulait qu'il était responsable, et bien sûr, il est le patron, je comprends, mais je ne suis pas d'accord avec la façon dont il gère sa fille.

Je parle avant qu'il puisse m'interrompre ou me jeter par la porte d'entrée.

« Vous ne pouvez pas parler à votre enfant de cette manière. Oui, elle ne parle peut-être pas, mais elle peut toujours communiquer, et vous devriez l'encourager sous toutes ses formes. »

« Excusez-moi ? » Moreno se moque. « Vous me dites comment élever ma fille ? » Il se rapproche, entrant dans mon espace personnel.

Il me force à faire un pas en arrière. Son attention n'est plus sur les enfants dans la pièce, mais entièrement sur moi.

La chaleur de son regard me donne un frisson dans le dos.

« Vous pensez savoir ce qui est le mieux pour Nova ? » Moreno demande. « Parce que je peux t'assurer que quoi que tu penses savoir, tu te trompes. »

Ses narines s'enflamment, et j'ouvre la bouche mais la referme rapidement lorsque Luca éclate en hurlant à pleins poumons.

Moreno se précipite dans la salle de jeux et sort le pistolet de son étui sur sa hanche.

Je ne savais même pas qu'il avait une arme sur lui. « Tu lui fais peur ! » Je gronde Moreno et me précipite devant lui pour aller voir Luca.

Les yeux de Nova sont grands et remplis de terreur, mais elle ne bouge pas, et il semble que le seul danger soit Moreno.

« Maman ! » Luca crie encore plus fort qu'avant. « Je veux maman ! »

Je tourne les talons et pointe Moreno du doigt. « Tu dois ranger ça et sortir d'ici. » Je fais un geste vers son arme.

Je n'aime pas les armes. Je ne les ai jamais aimées. Être près d'elles m'effraie, mais il semble que Luca gagne le prix de la peur en ce moment.

Pourquoi diable Moreno a-t-il sorti son arme ? Qu'est-ce qu'il a bien pu penser qu'il pouvait se passer pour qu'une arme soit nécessaire dans la salle de jeux ?

La maison est lourdement gardée, avec des portes, des gardes, et un système de sécurité. C'est un peu exagéré.

Moreno sort de la salle de jeux, et je me remets à quatre pattes au niveau de Luca.

« Hey, Luca, je suis Paige », je dis, en essayant de le calmer. « Tu veux me montrer ta peinture ? » Je ne sais pas ce qui l'a effrayé à l'origine, mais aborder le sujet maintenant me semble une mauvaise idée.

Nova se lève et nous rejoint, Luca et moi, à côté de la toile.

Luca renifle et s'essuie le visage avec ses mains tachées de peinture, laissant une traînée de bleu sur sa joue.

« Je peignais ma maison », dit-il. Ses yeux sont rouges et tachetés, mais les larmes ont ralenti.

Je souris, sincèrement satisfait de sa peinture. « Tu as fait un travail fantastique », je dis.

Nova lève les yeux vers moi. Un léger sourire se dessine à la commissure de ses lèvres. Comme si elle essayait de ne pas sourire. « Tu aimes peindre aussi ? » Je lui demande.

Elle hausse les épaules, sans me donner de réponse claire.

Je parie qu'elle aime peindre.

« Désolé, je suis en retard. » Une femme portant une robe jaune vif entre dans la salle de jeux. « Luca, tu as été bon pour la nouvelle nounou ? » demande la femme en se dirigeant vers le petit garçon. « Je suis NikkI », présente-t-elle.

« Bonjour, je suis Paige », dis-je en tendant la main pour me présenter correctement. Elle semble chaleureuse, amicale, et complètement déplacée après avoir rencontré Moreno et Dante. « Vous devez être la mère de Luca », je suppose.

Nikki sourit et acquiesce. « C'est moi. Es-tu prêt à aller sur les sentiers, Luca ? Désolé, tu es resté coincé à regarder ce petit tigre. Je promets que ce ne sera pas un événement régulier. »

« Ce n'était pas un problème du tout », je dis. Je ne précise pas que je ne suis pas là depuis une heure et que Dante le surveillait avant que je n'arrive.

« Faites-moi savoir si vous avez besoin de quelque chose, si vous avez des questions, ou quoi que ce soit », dit Nikki. « J'ai un emploi du temps assez chargé, mais je suis heureuse de t'aider quand j'ai une minute de libre. »

« Merci. »

Nikki escorte Luca hors de la salle de jeux. « Viens, Luca. Allons te laver. Tu as de la peinture sur ta joue et dans tes cheveux. Ensuite, nous irons faire une randonnée sur les sentiers. »

« D'accord, maman. » Il s'accroche à sa main et la suit hors de la salle de jeux.

Il n'y a plus que Nova et moi. Je lui souris chaleureusement et lui montre son goûter. « Je peux jouer avec toi et tes amis ? »

Mon téléphone portable vibre et je le sors de mon sac pour regarder le message. C'est de Moreno.

Je jette un coup d'œil à l'encadrement de la porte vide. Il n'est nulle part en vue. Pourquoi n'est-il pas venu me parler au lieu de m'envoyer un message ?

Le job est à toi. Ne le fous pas en l'air. Nova compte sur toi. Nous le faisons tous les deux.

5

MORENO

« LA NOUVELLE NOUNOU EST MIGNONNE », dit Dante en me faisant un sourire en coin.

« Je n'avais pas remarqué. » C'est un mensonge. Comment pourrais-je ne pas remarquer ses belles longues jambes sous cette jupe ?

Dante rit dans son souffle. « Bien sûr, vous n'avez pas remarqué. Donc, vous l'avez engagée, je suppose. »

Je me frotte le front. Son expérience sur le papier était excellente, mais je n'étais pas satisfait de la façon dont elle me parlait. Si j'en disais un mot à Dante, il me dirait de la virer.

« Je ne peux pas continuer à interviewer des nounous », j'ai dit.

« C'est ta deuxième nounou et ton premier entretien depuis que Nova est née. »

Dante ne tourne pas autour du pot.

« C'est vraI », je dis. « Je n'ai pas l'habitude de laisser des étrangers entrer dans notre maison, dans notre vie. » Je me dirige vers la cuisine pour une tasse de café, et Dante me suit sur les talons. « Comment se passe la livraison ? » Il s'occupait des affaires quand je suis arrivé cet après-midi avec Paige.

« En retard, mais rien que je ne puisse gérer. Il s'avère que le camion est tombé en panne et était hors de portée des téléphones portables. Vous savez comment les routes ouvertes peuvent être », dit Dante. « Tout est revenu dans les temps. »

« Bien. » C'était une chose en moins que j'aurais à gérer ce soir ou demain. Dante m'avait fait une faveur en s'occupant de la cargaison. C'était ma responsabilité, et je devais m'occuper d'engager une nouvelle nounou pour Nova.

« Tu sembles différent, calme. » Dante a toujours une longueur d'avance. C'était moi avant. Depuis l'attaque du complexe, j'ai été distrait.

« Tu sais comment c'est », je m'excuse et attrape le café, me versant une tasse. Je prends une gorgée de la tasse. J'ai besoin d'une dose supplémentaire de caféine aujourd'hui. J'ai besoin d'être sur mes gardes, surtout avec Paige sous notre toit.

Les lèvres de Dante sont serrées. « Je peux t'installer dans un endroit à toi, avec une sécurité privée, te sortir toi et Nova de sous mon toit », dit-il.

« Non. » Aussi tentante que soit l'offre, je ne peux pas faire ça. Je ne me sentirais pas en sécurité sans le même niveau de sécurité privée que Dante a pour sa famille. « Je ne serai jamais à la maison. Nous savons tous les deux que ce n'est pas l'idéal avec Nova. » Je n'ai pas engagé Paige pour élever ma fille, juste pour s'en occuper pendant que je suis distrait par le travail.

« Avez-vous donné à la nouvelle nounou une visite privée de son logement et de la chambre de Nova ? » Dante demande.

Je ne l'ai pas fait. J'ai déguerpi après m'être ridiculisé devant les enfants. Comment pouvais-je ne pas craindre le pire en entendant le cri terrifié de Luca ? Bien sûr, dès qu'il a vu mon pistolet, les trombes d'eau ont commencé et les cris hystériques ont été encore plus forts.

Certains jours, je ne me sens pas fait pour être père. Serene était celle qui voulait être une mère. Et elle m'avait laissé seul avec Nova.

Dante avait raison.

« Pas encore. Elle est avec Luca et Nova dans la salle de jeux », je dis.

J'ai besoin de faire visiter Paige. Une partie de moi l'évitait.

Pourquoi ça ?

« Nikki vient d'emmener Luca en randonnée. »

« Je ne peux pas croire que tu les laisses y aller seuls. » Comment peut-il être si négligent après la récente attaque ?

« Ils ne quittent pas la propriété, et un des gardes est avec eux à tout moment. Ils ne sont jamais seuls », dit Dante. « Je ne l'aurais pas. » Il attrape un verre sur le comptoir, puis le whisky dans l'armoire à liqueurs et se verse un verre. « Je vous offrirais bien un verre, mais... »

« Ouais, non merci. » Je ne bois pas. Mon père était alcoolique, et j'ai toujours fait attention à éviter ce genre de choses. Je ne veux pas devenir mon vieux père.

Dante fait tournoyer le liquide ambré avant de l'avaler d'un trait. Il verse un deuxième verre pour lui-même. « La nounou que tu as engagée, elle est mignonne. »

« Ne fais pas ça », je le préviens. Pourquoi est-ce que je me sens surprotecteur envers Paige ?

Il ricane. « Je ne suggérais pas pour moi. Ça fait un an, Moreno. Ta femme est partie. Tu mérites de t'amuser un peu », dit Dante.

Je me mords la langue. Je ne veux pas parler de Serene. Cette conversation est hors-limites. « Non. » Je ne peux même pas imaginer baiser Paige.

Non, ce n'est pas vrai. C'est facile d'imaginer relever sa jupe et déchirer sa culotte, la baiser dans le couloir sous les yeux des gardes pendant que je lui fais crier mon nom...

Mais c'est mon employée et la nounou de ma fille.

Je dois garder ça dans mon pantalon, si ce n'est pour moi, alors pour Nova. Elle ne peut pas perdre une autre nounou, pas encore.

Et moi non plus.

Nous avons des caméras dans toute la maison, surtout dans la salle de jeux. Je tire sur le flux pour voir Paige avec ma fille.

Toutes les deux jouent au goûter, plongées dans un monde imaginaire. Au moins, Nova a une nouvelle amie avec qui jouer pendant la journée quand Luca est à l'école.

Je sors mon téléphone et envoie un message rapide à Paige.

Le job est à toi. Ne fais pas tout foirer. Nova compte sur toi. Nous le faisons tous les deux.

Elle jette un coup d'œil à son téléphone mais ne répond pas à mon message.

Il y a une part de défi en elle. Je peux le voir derrière ses yeux vert brillant.

Ma bite se tortille dans mon pantalon.

Merde.

Pas question.

C'est la nounou de ma fille. Je ne vais pas la baiser.

Elle passe une main dans ses cheveux châtain clair, ses longues mèches sont légèrement désordonnées, et cela la rend d'autant plus sexy et irrésistible. Elle a des mèches naturelles de blond qui encadrent son visage, probablement à force d'être au soleil.

« Tu regardes toujours le flux ? » Dante glousse en regardant par-dessus mon épaule.

Je m'éclaircis la gorge.

Baseball. Soccer. Flocons de neige en hiver.

Je lance juste des pensées propres et non sexuelles dans mon esprit pour faire taire mes désirs. Est-ce que ça marche ?

Bon sang, non.

Expirant un gros soupir, je descends cette tasse de café et en prends une deuxième. Pourquoi est-ce que je pense que la caféine va m'aider ?

« Quelle est son histoire ? » Dante demande. Il se perche sur le bord de la table et croise ses bras sur sa poitrine.

Dante est plus jeune de quelques années et plus bourru. Ses yeux sont toujours sombres, même quand il essaie d'adoucir son regard sur son fils, Luca.

« Je ne saurais pas dire. »

« Conneries », dit Dante. « Je sais que vous avez fait une vérification des antécédents de la jolie brune. Je n'en attendais pas moins puisque vous l'avez amenée chez moi. »

« Jamais mariée. Sa mère est morte d'un cancer récemment. Elle a vendu l'école maternelle qu'elle possédait pour s'occuper de sa mère. Selon les dossiers, elle est enfoncée jusqu'au cou dans les factures médicales, elle a vendu sa maison, ses biens, tout pour payer la dette. »

Dante se pousse de la table et me fait signe de le suivre hors de la cuisine.

Je prends ma tasse de café et le suis à quelques pas derrière lui. Il se promène dans le bureau et se glisse dans le fauteuil voisin. Il y a une bibliothèque en bois encastrée, garnie de centaines de livres que Nikki a insisté pour remplir les étagères d'un mur. Tout, des livres d'enfants à lire aux enfants aux romans d'amour pour son évasion privée.

« Vous avez tous deux perdus quelqu'un de proche », dit Dante en croisant les jambes.

Ses blessures sont-elles aussi vives que les miennes ? Ce n'est pas un concours.

Pour une fois, il essaie de ne pas arracher le bandage sanglant d'une cicatrice qu'il a causée.

Serene est morte parce que Vance DeLuca a ordonné une attaque contre notre famille.

6

PAIGE

NOVA et moi passons l'après-midi à prendre le thé ensemble avant que je ne la conduise hors de la salle de jeux.

Dante et Moreno ont une conversation animée à travers le couloir dans une autre pièce. Je n'arrive pas à comprendre ce qui se dit. Seulement, leurs tons me donnent envie de courir dans l'autre direction.

J'évite de déranger l'un ou l'autre. Je suis sûr qu'ils sont occupés.

« Et si on allait au parc ? » Je dis à Nova.

Le garde à l'entrée principale a disparu.

C'est bien.

Il faisait chaud quand nous sommes arrivés, donc Nova n'aura pas besoin de manteau. Je l'emmène par la porte d'entrée et vers ma voiture.

« Tu vas avoir besoin d'un siège auto », murmure-je pour moi-même.

La porte d'entrée s'ouvre par derrière.

« Qu'est-ce que tu fais ? » Moreno a soufflé.

« J'allais emmener Nova au parc, mais j'ai besoin d'emprunter un siège auto de ton camion. » Je suppose qu'il en a un attaché sur la banquette arrière.

Il a soufflé un grand coup. « Absolument pas. Tu ne l'emmènes pas en dehors des locaux. »

« Quoi ? Pourquoi pas ? Tu ne me fais pas confiance ? » Je demande.

« Je ne te connais pas. » Il me prend les clés de ma voiture des mains et les empoche. « Nova, rentre à l'intérieur ! » Moreno pointe la porte du doigt, exigeant qu'elle rentre dans la maison.

Elle boude et donne des coups de pieds contre le sol en marchant, salissant ses chaussures blanc immaculé. Finalement, Nova se précipite à l'intérieur du foyer.

Moreno se dirige vers la maison et claque la porte, nous laissant parler seuls tous les deux.

Mon estomac fait des sauts périlleux.

Ses yeux s'assombrissent et il s'approche, envahissant mon espace personnel. « Tu ne dois pas l'emmener en dehors de la propriété. »

« Jamais ? Pas de sorties éducatives ou d'après-midi à l'aire de jeux ? » Je n'arrive pas à croire qu'il soit si déraisonnable. Il est en colère contre Nova ou contre moi ?

« C'est ça. » Il croise ses bras sur sa poitrine. « Si tu veux l'emmener au parc, il y a un joli jardin à travers la cuisine que tu peux lui faire visiter. »

J'ouvre la bouche pour objecter, mais il ouvre la porte d'entrée d'un coup sec. « A l'intérieur, maintenant ! »

Je frissonne à son ton. Je devrais peut-être reconsidérer ce travail, mais Nova a besoin de moi. Elle a besoin d'une nounou qui soit chaleureuse, gentille, patiente et aimante. Je ne suis pas sûre que Moreno, son père, soit l'une de ces choses.

« Tu n'as pas besoin d'être si bourru », marmonne-je en rentrant dans le foyer.

Moreno a claqué la porte, et la maison a vibré.

Le baby blues brillant de Nova est large. Elle fait un pas en arrière, puis court vers la salle de jeux.

« Nova ! » Moreno lui crie de revenir.

« Je vais la chercher », dis-je et je me dirige vers la salle de jeux, voulant m'éloigner de Moreno.

Il m'attrape le poignet. « Pas si vite. » Il m'a ramené de force à ses côtés. « Toi et moi, on n'a pas fini. »

N'est-ce pas ? J'aimerais en avoir fini. Je préférerais ne pas poursuivre la conversation avec Moreno, mais je crois que ce n'est pas à moi de prendre la décision.

Nova sort de la salle de jeux en traînant les pieds, serrant une de ses peluches contre sa poitrine.

« En haut, Nova. » Moreno lui montre l'escalier.

Sans mot dire, elle monte les marches, et Moreno me fait signe de le suivre.

Il me lâche, et j'expire un souffle, soulagée de ce sursis. Une chance qu'il me laisse tranquille ?

Non.

Il me suit dans les escaliers.

« Je vais vous montrer votre chambre », dit Moreno.

Je jette un coup d'œil derrière moi. Il est une marche en dessous de moi. « Mes sacs sont dans ma voiture », je dis.

Il a mes clés.

« Je vais demander à Leone de récupérer vos affaires et d'apporter vos bagages dans votre chambre. »

« Ce n'est pas nécessaire. Je peux prendre ma valise. Il n'y a pas grand-chose. »

J'ai poussé le minimalisme à un tout autre niveau quand ma mère est morte. Tout ce que je possède est dans ma voiture : une valise, un sac à dos, et un sac d'articles de toilette. J'ai vendu tout ce que je possédais pour couvrir les dépenses que l'assurance ne payait pas.

« Bien, alors Leone n'aura aucun mal à les monter dans votre chambre », dit Moreno. Il me fait signe de deux doigts pour que je continue à marcher.

Nova est déjà en haut de l'escalier et m'attend. A-t-elle l'intention de me montrer sa chambre ?

Il est encore tôt pour la border dans son lit. Aucun de nous n'a encore dîné. Allons-nous manger tous ensemble, en famille ?

Une fois que j'ai atteint la dernière marche, Moreno me conduit dans le couloir vers une porte sur la droite. Il tourne la poignée et l'ouvre pour révéler un grand matelas. La chambre est plutôt dépourvue de décoration, avec des murs blancs nus, mais une commode se trouve près des fenêtres pittoresques.

« Vous pouvez accrocher des photos ou décorer la chambre comme vous le souhaitez. »

« Merci. » Je n'avais pas prévu de faire grand-chose de cet endroit. C'était une chambre pour dormir. C'est tout ce qui m'importait.

« Vous avez votre propre salle de bain privée », dit Moreno en s'éloignant dans la chambre et en ouvrant la porte de la salle de bain. Il allume la lumière, puis sort et contourne la pièce vers une autre porte. « Vous avez une chambre attenante avec Nova. Si elle a besoin de quelque chose pendant la nuit, vous vous occuperez d'elle. »

Moreno ouvre la porte adjacente.

Nova se précipite dans sa chambre et se retourne pour me faire face, les mains jointes devant elle.

« Oui, bien sûr », dis-je.

Je suis Nova dans sa chambre. Les rideaux lavande avec des bordures jaunes sont tirés pour laisser entrer la lumière du soleil dans la pièce. Les stores de la fenêtre sont grands ouverts, plongeant les murs peints en jaune vif dans une lueur ensoleillée.

« J'aime ta chambre », dis-je en souriant à Nova.

Elle esquisse un sourire en coin. C'est le plus grand sourire que j'ai vu de sa part aujourd'hui. Ses yeux s'adoucissent et prennent une teinte céruléenne plus chaude.

« Je vais demander à Leone d'apporter le dîner dans votre chambre pour vous deux », dit Moreno en se dirigeant vers la porte.

« Quoi ? » Est-ce qu'il nous punit pour ma tentative d'emmener Nova hors des locaux et au parc ?

« J'ai du travail à finir, et je n'ai pas besoin de m'occuper de vous deux. » Moreno claque la porte en sortant de la chambre.

Nova se tient dans l'embrasure de la porte entre nos chambres.

« Ton père est toujours aussi grincheux ? » Je lui demande.

Elle sourit et acquiesce.

C'est la première forme de communication autre que le faible sourire que j'ai pu observer chez elle aujourd'hui. Elle attend que son père ait quitté la pièce.

A-t-elle peur de lui ? Je ne la blâmerais pas.

Il aime nous donner des ordres. Eh bien, les choses vont devoir changer.

7

MORENO

JE DEMANDE à Leone d'apporter le dîner à Paige et Nova pendant que je m'enferme avec Dante dans son bureau.

Leone a également reçu l'ordre de ne laisser aucune d'entre elles quitter leur suite sous aucun prétexte.

« Comment va Nova ? » Dante demande, en sirotant son verre de whisky. Ses yeux sont sombres, et il fixe le liquide ambré avant de l'engloutir et de se servir un deuxième verre.

« Avec la nouvelle nounou ? C'est trop tôt pour le dire », dis-je en m'asseyant sur la chaise en face de Dante, m'enfonçant dans le cuir.

Dire que je suis épuisée est un euphémisme. Je ne me souviens pas de la dernière fois où j'ai dormi toute une nuit. Ça devait être avant sa mort.

Il est silencieux, pensif, et regarde fixement le verre dans sa main.

« Qu'est-ce qu'il y a, patron ? »

« J'ai essayé de donner à Luca et Nikki une vie aussi normale que possible. Peut-être que ça devrait s'étendre à Nova. Elle est un peu trop jeune pour l'école primaire, mais nous pouvons certainement nous permettre de l'envoyer dans une école maternelle privée où elle pourra interagir avec d'autres enfants. »

Ma mâchoire se serre à sa suggestion. « Tu penses que c'est une bonne idée ? »

Je veux ce qu'il y a de mieux pour ma fille. Je n'ai pas besoin que quelqu'un, pas même Don Ricci, me dise ce que je dois faire pour Nova.

« Des pas de bébé », dit Dante. « J'ai entendu la dispute que tu as eu avec la nouvelle nounou. Demande-lui d'emmener Leone avec elle et laisse le gamin prendre l'air. Peut-être que Nova se fera des amis de son âge au parc. »

Je ne peux pas croire sa suggestion.

« Vance DeLuca est toujours là ! » Je me lève et fais les cent pas dans le bureau de Dante. La pièce est chaude, l'air étouffant, et mon estomac fait des culbutes. Je desserre ma cravate et essuie la sueur de mon front.

Heureusement, je n'ai pas dîné, sinon j'en aurais reparlé.

« Nous n'avons aucune raison de croire qu'il en a après Nova, et Leone gardera un œil sur la nounou pour s'assurer qu'elle reste en sécurité. »

« Son nom est Paige », je dis. Je ne sais pas pourquoi, mais je ressens le besoin de le corriger.

« Tu fais confiance à Paige pour Nova, n'est-ce pas ? » Dante demande.

Je ne l'aurais pas engagée si je ne pensais pas que Nova serait entre de bonnes mains. « Absolument. » Cela ne signifie pas que je fais confiance à quelqu'un d'autre autour de mon enfant.

« Alors laisse-les aller au parc demain. Nova a besoin d'un changement de rythme par rapport à cet endroit. »

Un coup sec contre la porte en verre dépoli nous interrompt.

« Entrez », dit Dante.

Nikki passe sa tête dans le bureau. « Désolé d'interrompre. » Ses yeux se plissent, et elle offre un sourire chaleureux.

« Asseyez-vous », me dit Dante en faisant un geste vers la chaise où je me trouvais quelques minutes plus tôt.

J'ai l'impression qu'ils sont sur le point de faire équipe avec moi. Mais je ne sais pas trop pourquoi. Je ferme la bouche, la mâchoire serrée, et je m'affale sur la chaise en face de mon patron. Je serre les mains sur mes genoux.

« Oui ? » J'attends ce qu'ils vont me sortir.

Ils n'aiment pas la nounou que j'ai engagée ? Elle est trop sexy ?

Crois-moi, j'ai remarqué. Ce n'était pas la raison pour laquelle je l'ai engagée, mais c'est certainement un avantage.

« Je suis inquiète pour Nova », dit Nikki. Elle croise ses mains devant elle et regarde Dante.

« Je sais. Je pense que la nouvelle nounou, Paige, lui conviendra bien », dis-je. Je suis toujours en colère parce qu'elle a essayé d'emmener Nova hors des locaux, mais je ne crois pas que ses intentions étaient mauvaises.

« Nous sommes tous inquiets pour votre fille, et même si je suis soulagée que vous ayez engagé une nouvelle nounou pour la distraire, elle a besoin d'un peu plus que ce que Paige peut lui offrir. Elle a besoin de parler avec un psychologue pour enfants », dit Dante.

Je ris à sa suggestion. « Nova ne parle pas. » Est-ce qu'il s'est cogné la tête ?

Nikki s'approche et pose une main sur mon bras. « Les pédopsychiatres sont formés pour travailler avec de jeunes enfants, et il existe d'autres moyens d'amener Nova à communiquer, comme les dessins. »

« Et vous pensez tous les deux que c'est une bonne idée ? » Notre monde est masqué par des secrets. Et si Nova laisse l'un d'entre eux s'échapper ?

Sans compter que j'ai vu ses dessins. C'est adorable et tout, mais elle a quatre ans. Ce n'est pas comme si le thérapeute allait tirer beaucoup d'avantages d'un tas de gribouillages.

Dante s'éclaircit la gorge. « Oui, je crois que c'est ce qu'il y a de mieux pour Nova, et même si je ne suis pas ravi de faire appel à une personne extérieure, cette femme est hautement recommandée. Nous avons fait une vérification approfondie de ses antécédents pour s'assurer qu'il n'y a pas de lien avec les DeLucas ou toute autre personne préoccupante. » Il pose ses mains sur le bureau. « Qu'est-ce que vous en dites ? »

Je ne pense pas qu'ils me laisseront dire non. Il n'y a pas vraiment le choix, et je veux ce qu'il y a de mieux pour ma fille. « Oui, bien sûr. »

« Bien, parce que j'ai déjà pris rendez-vous », dit Nikki et fouille dans sa poche pour me tendre une carte de visite.

Je regarde la carte et le rendez-vous griffonné au dos pour ce vendredi après-midi.

« On dirait que je vais avoir besoin de repos pour quelques heures, patron. » J'offre un faible sourire, essayant de prendre la situation à la légère. C'est tout ce que je peux faire.

Je veux confier cette tâche à la nouvelle nounou. Laisser Paige diriger Nova en ville pour que je n'aie pas à expliquer la situation au thérapeute.

Mais ce n'est pas comme ça que ça marche.

Je ne suis pas un idiot.

Je garde ma merde à l'intérieur de moi.

Parler ne m'aide pas, mais je ne peux pas ignorer le nuage noir qui plane sur ma petite fille.

Quelque chose doit être fait avant que le traumatisme qu'elle a subi soit irréversible.

J'espère juste qu'il n'est pas déjà trop tard.

8

PAIGE

JE SUIS RÉVEILLÉ en sursaut par le doux tapotement de la petite Nova.

« Hé, bonjour. »

Elle est à côté de mon lit, sa girafe en peluche serrée dans un bras et son pouce dans la bouche.

« Tu veux me tenir compagnie ? » Je demande et tapote le lit à côté de moi.

Je n'ai pas encore regardé l'horloge. Le soleil se lève à peine, et il perce à travers les rideaux, ce qui signifie qu'il est trop tôt pour que je sois réveillé.

Nova grimpe sur mes couvertures. Elle s'allonge à côté de moi pendant une fraction de seconde avant de se mettre à genoux et de me tapoter à nouveau l'épaule.

Je roule sur le côté.

Elle ne va pas me laisser dormir. « Tu as faim pour le petit-déjeuner ? »

Ses yeux sont grands, et elle hoche vigoureusement la tête comme si elle était affamée.

Nous avons eu un festin pour le dîner. Le garde a apporté notre repas dans la chambre, où nous avons opté pour un pique-nique sur le sol avec ses animaux en peluche.

Avec un peu de chance, on pourra se faufiler jusqu'à la cuisine sans déranger Moreno.

Je veux vérifier le reste de la maison, aussi.

« On va t'habiller », je dis et je sors de sous les couvertures.

Le bruit de ses pieds se précipite sur le parquet et vers la porte adjacente ouverte. Nova se dirige à l'intérieur, attendant que je l'accompagne.

Il me faut quelques secondes pour me réveiller complètement. Je frotte le sommeil de mes yeux et aperçois Nova qui passe la tête par le coin de sa porte.

Elle m'attend, se demandant si je vais venir. Je vais dans sa chambre et je prends une robe blanche avec des coquelicots rouges pour qu'elle la porte. C'est une robe d'été, mais elle sera parfaite pour le temps qu'il fait aujourd'hui.

« Que penses-tu de ça ? » Je lui demande, en lui montrant la tenue dans sa commode.

Elle sourit et arrache le tissu de ma main. « Si tu veux t'habiller, je vais me préparer aussi. »

Je ne sens aucune hésitation, alors je sors par la porte adjacente et la ferme en grande partie.

Mon sac est posé sur le sol près de la commode. Je n'ai pas pris la peine de déballer mes vêtements ou les quelques affaires que je possède. Je n'étais pas d'humeur lorsque Leone a apporté mes affaires dans ma chambre hier soir.

Ce n'est pas comme s'il y avait beaucoup à déballer, non plus.

En me penchant, j'ouvre la fermeture éclair de mon sac de sport et j'attrape une robe jaune et bleue à fleurs avec des manches courtes et un trou de serrure sur le devant. Elle me va jusqu'au genou et c'est une de mes robes confortables préférées. Je prends les sous-vêtements qui vont avec et je me dirige vers la salle de bain, en fermant la porte derrière moi.

Mais il n'y a pas de verrou.

Super.

Avec un peu de chance, Nova ne va pas passer la porte à l'improviste.

Je doute qu'elle frappe, et elle ne dira certainement pas un mot pour me prévenir qu'elle entre dans la pièce.

Je me dépêche de me déshabiller de mon pyjama et d'enfiler la robe sur ma tête, en attachant le devant pour resserrer le corsage en trou de serrure. C'est mignon, léger, et ça épouse ma silhouette. Non pas que je doive m'en soucier. Je ne mélange pas travail et plaisir.

Je passe mes doigts dans mes cheveux avant d'ouvrir la porte de la salle de bains.

Nova est assise au bord de mon lit, les jambes en l'air. Elle fredonne une berceuse et s'arrête brusquement quand elle lève les yeux vers moi.

Attrapé.

C'est le premier son que je l'entends faire.

Est-ce une chanson que sa mère lui chantait, ou une ancienne nounou ?

Je doute que Moreno ait déjà chanté une berceuse à Nova. Il n'a pas l'air du genre.

« Es-tu prête à descendre ? » Je demande.

Elle descend du lit, seule indication de sa réponse. Nova ne sourit pas. Elle ne fait même pas un léger signe de tête de compréhension. Mais je sais qu'elle comprend chaque mot que je dis.

Peut-être que l'initier au langage des signes lui serait bénéfique pour communiquer. Même si je ne connais pas beaucoup de mots, nous pourrions apprendre ensemble.

Mais le fait qu'elle fredonnait juste une berceuse, je ne peux m'empêcher de penser qu'il y a plus que ce que Moreno me dit.

Je tourne la poignée de la porte de la chambre, et elle s'ouvre en grinçant. Leone monte la garde devant ma chambre.

« Je peux vous aider ? » demande-t-il.

« J'emmène Nova en bas pour le petit déjeuner », je dis. Je ne lui demande pas la permission. C'est sa maison, et elle devrait être autorisée à se promener librement à l'intérieur. De plus, sa salle de jeux est en bas, et je ne peux pas imaginer que nous soyons obligés de prendre tous nos repas en haut dans la chambre.

Je suppose que la nuit dernière était un avertissement de Moreno pour avoir essayé d'emmener Nova hors de la propriété sans permission.

Il avait raison. Même si ça me tue de l'admettre, je n'étais avec elle que depuis quelques heures et je n'aurais pas dû prévoir de l'emmener au parc sans en parler à son père.

« Très bien, je vais vous montrer la cuisine », dit Leone. Il se dirige vers les escaliers.

Nova et moi le suivons, quelques pas en arrière. Elle glisse sa main dans la mienne alors que nous descendons ensemble les escaliers.

Je lui jette un coup d'œil et je vois un léger sourire au coin de ses lèvres. C'est bien. Au moins, on s'entend plutôt bien.

Si seulement on pouvait en dire autant de son père et moi.

Leone me fait passer le foyer et descendre à la cuisine, de l'autre côté de la maison. La cabane en rondins est vaste.

« Depuis combien de temps travaillez-vous pour Moreno ? » Je demande à Leone, en essayant de faire la conversation.

Il me jette un regard par-dessus son épaule en entrant dans la cuisine et en allumant la lumière. Il y a une table haute en bois sombre et riche avec quatre chaises. La cuisine n'a pas été conçue pour les enfants, mais je suis sûr que Nova peut s'y asseoir si je l'aide à monter sur la chaise.

« Tu veux dire Dante », me corrige Leone. « Et ça fait une minute. »

Cryptique, comme toujours.

« Dante a un chef dans son équipe. Il sera là dans une demi-heure pour préparer un somptueux petit-déjeuner, mais je suppose que quelqu'un est impatient de manger ? » Leone demande, en jetant un coup d'œil à Nova.

Elle se faufile derrière mes jambes.

« C'est bon. J'ai faim aussi », je dis. « Ça ne me dérange pas de cuisiner pour nous deux. »

« Vas-y, mais ne fais pas trop de dégâts », dit Leone en sortant de la cuisine et en gardant l'entrée de la cuisine à côté de l'entrée ouverte.

Est-ce que Moreno est tellement inquiet que je m'échappe avec sa fille qu'il a mis un garde sur moi ?

« Tu aimes les pancakes ? » Je demande à Nova et me retourne pour faire face à la petite fille.

Elle ouvre la bouche, les yeux écarquillés comme si elle était sur le point de parler, puis referme rapidement ses lèvres. Les lignes roses de ses lèvres sont fermées et fermes. Nova jette un léger coup d'œil vers la porte, puis fait un rapide signe de tête pour répondre.

J'ouvre le garde-manger et je fouille, heureuse de trouver de la préparation pour crêpes. Au moins, je n'aurai pas à les préparer à partir de zéro. Je prends un sachet de pépites de chocolat.

« Qu'est-ce que tu en penses, Nova ? Est-ce que les pépites de chocolat vont dans les crêpes ? » Je lui montre le nouveau sachet, elle hoche la tête et saute de haut en bas avec enthousiasme.

« A l'intérieur », je fais un geste de la main. « Ou sur le dessus ? »

« Qu'est-ce qu'on fait ? » Moreno entre dans la cuisine et me prend le sac de pépites de chocolat des mains.

« Petit-déjeuner », dis-je, en énonçant l'évidence.

Il n'a pas l'air amusé le moins du monde. « Avec du chocolat ? »

« Tu as déjà entendu parler des crêpes ? » Ce n'est pas comme si je lui donnais une barre de chocolat au petit-déjeuner, bien que le regard de dégoût qui traverse le visage de Moreno puisse aussi bien le suggérer.

Il ouvre le garde-manger et remet les pépites de chocolat à l'intérieur.

« Qu'est-ce que tu fais ? » Je n'arrive pas à croire qu'il pense pouvoir me donner des ordres. Oui, c'est son père et il sait probablement ce qui est le mieux pour elle, mais c'est un jour avec des crêpes au chocolat. Ça ne devrait pas être si grave.

« Nova ne mange pas de chocolat au petit-déjeuner. » Il ouvre le réfrigérateur et en sort un pot de myrtilles. « Mets-les dedans quand tu mélanges la pâte. »

Je jette un coup d'œil à Nova, qui fait la moue et écarquille les yeux en me regardant, la tête penchée sur le côté. Je jure qu'elle essaie de me faire comprendre de me battre avec son père pour qu'elle ait du chocolat, mais je n'ai pas besoin d'être dans une situation plus délicate.

« Super », je murmure dans mon souffle avec un faux sourire. C'est à peu près tout ce que je peux faire. « Où sont les bols à mélanger ? » Je ne sais pas où se trouve quoi que ce soit dans cette immense cuisine, et si le garde-manger est évident, il y a des dizaines d'armoires. Les bols pourraient être n'importe où.

Moreno se penche et ouvre l'armoire à côté du réfrigérateur, récupérant un bol en métal pour que je puisse mélanger les ingrédients. « L'argenterie est dans ce tiroir. » Il indique le tiroir au-dessus des bols. « Et la spatule et le fouet sont ici. »

« Merci. »

Il ouvre le tiroir et me tend un fouet avant de s'adosser au comptoir, croisant ses bras sur sa poitrine.

« Tu veux que je te prépare aussi un petit-déjeuner ? » Je demande. Je ne sais pas pourquoi il me fixe. C'est éprouvant pour les nerfs.

« Ce n'est pas nécessaire. Le chef Savino sera bientôt là. Je voulais vous parler en privé », dit Moreno.

Moreno ouvre le réfrigérateur, prend une carafe de jus d'orange frais et un gobelet en plastique dans l'armoire, et les apporte à la table pour Nova. Il lui verse une tasse et lui tapote le dessus de la tête. « Tu as bien dormi ? »

Je mélange les ingrédients dans le bol, en essayant de ne pas fixer l'interaction entre Moreno et sa fille. Ses épaules sont tendues, son corps est raide.

A-t-elle peur de lui ?

Il soupire et vient autour du comptoir, se perchant sur le bord. « Je pense que vous avez peut-être raison, enfin, partiellement raison. » Il s'empresse de clarifier sa position.

« A propos de ? »

Moreno jette un coup d'œil à sa fille par-dessus son épaule. « Nova a besoin d'une journée au parc. Peut-être que l'interaction avec d'autres enfants de son âge lui ferait du bien. Luca est un gentil garçon, mais il est un peu plus âgé. »

Je ne peux pas m'empêcher de sourire. « C'est bien. Elle aurait bien besoin de quelques amis », dis-je. J'ai l'impression qu'elle ne joue avec personne d'autre que Luca, d'habitude.

« Peut-être », dit Moreno, « mais tu dois prendre Leone avec toi. »

« Quoi ? Pourquoi ? » Est-il fou ? Leone va effrayer tout le monde au parc, surtout les amis que Nova pourrait se faire.

« Être un homme d'affaires signifie que ma famille est facilement une cible. Je ne peux pas prendre le risque qu'il arrive quelque chose à Nova. Vous comprenez, n'est-ce pas ? » demande Moreno.

Je ne comprends pas, mais je souris et j'acquiesce. « Oui, bien sûr. » S'il veut que je laisse un garde m'accompagner, très bien.

« Leone vous conduira tous les deux au parc et partout ailleurs où vous pensez que c'est éducatif », dit Moreno. « Je veux que ma fille ait une éducation complète avant de commencer sa scolarité. »

Je laisse tomber la cuillère dans le saladier et m'approche de Moreno. Quelque chose ne va pas. Comme s'il essayait trop fort.

« Qu'est-ce qui se passe ? » Je le fixe dans son regard noir, sans vouloir détourner les yeux. Si je dois m'occuper de sa fille, il doit me dire la vérité. Je ne peux pas y aller à l'aveuglette et risquer que quelque chose lui arrive.

Moreno s'éclaircit la gorge et s'éloigne de moi. « Rien dont vous devez vous préoccuper, Nanny. »

Je me moque dans mon souffle. « C'est Paige », je le corrige. « A moins que tu préfères que je t'appelle le père de Nova ou l'homme d'affaires ? »

Sa mâchoire est serrée, et il enfonce ses mains dans les poches de son pantalon. Il est déjà habillé pour la journée, costume et cravate. « J'ai compris. »

Comme il ne dit rien de plus, je me retire et je retourne au saladier. J'y dépose une poignée de myrtilles. « Vas-tu me dire pourquoi tu as soudainement changé d'avis ? »

Il me regarde fixement, comme s'il n'avait aucune idée de ce dont je parle.

« Me permettre d'emmener Nova au parc. Hier, tu étais à cent pour cent contre. Aujourd'hui, tu nous laisses aller, avec un chaperon, à peu près où on veut. » Il est difficile de ne pas trouver étrange le changement soudain de son comportement.

Il s'éclaircit la gorge et détourne le regard, son attention se portant sur le sol à côté de l'endroit où je me tiens. « J'ai pris rendez-vous avec un médecin pour Nova ce vendredi. J'essaie juste d'anticiper les choses. »

Un médecin ?

Moreno prend une poêle à frire dans un autre meuble en dessous et s'empare de l'huile, en me donnant un coup de main.

Peut-être qu'il l'utilise juste comme une distraction, mais j'apprécie l'aide.

« Est-ce que tout va bien ? Si elle a un problème de santé, Moreno, je dois être tenu au courant de tous les problèmes, allergies, tout ce qui pourrait l'affecter pendant que nous sommes ensemble. »

« Ce n'est pas ce genre de médecin », dit-il, en gardant sa voix basse et juste entre nous deux.

Je ne suis pas sûr de savoir où il veut en venir dans cette conversation.

« On m'a recommandé un psychologue pour enfants, et j'ai pensé qu'il serait bon d'avoir quelqu'un à qui elle puisse parler. » Moreno grimace devant le choix de ses mots.

« Oh, d'accord. C'est bien », dis-je en essayant d'offrir mon soutien.

« De toute façon, je suis sûr qu'elle va suggérer d'essayer de se faire des amis, de s'engager avec d'autres enfants de son âge, ce genre de choses. Je peux aussi bien te laisser l'emmener au parc. »

Je pousse un soupir de soulagement. « Merci. »

Moreno pousse ses talons en avant et me frôle, la conversation faite pour lui. « Nova préfère que ses pancakes soient des dollars d'argent. »

« Merci. »

Il sort de la cuisine sans un mot de plus.

Je baisse la cuisinière et apporte la pâte. « Un dollar en argent », je lève un doigt, « ou des pancakes Mickey Mouse ? » Je demande à Nova, en levant un deuxième doigt.

Elle lève deux doigts et met ses mains sur sa tête pour faire des oreilles de Mickey.

« Est-ce que tu veux des pépites de chocolat sur le dessus ? » Je demande à Nova, connaissant déjà la réponse.

Moreno n'est pas là. Ce qu'il ne sait pas ne lui fera pas de mal.

Les yeux de Nova s'illuminent. Avec un grand sourire, elle montre l'armoire où son père a mis les pépites de chocolat.

De plus, ce n'est pas comme si elle lui disait quelque chose....

9

PAIGE

APRÈS LE PETIT-DÉJEUNER, Leone nous emmène, Nova et moi, au parc. C'est assez loin de la cabane pittoresque et du paysage magnifique.

Bien que nous ne soyons pas près d'une grande ville, il y a un parc, une aire de jeux et quelques magasins de l'autre côté de la rue. Nous sommes aussi proches du « centre-ville » que possible à Breckenridge.

Je m'assois sur le banc en bois vide et je surveille de près Nova qui se dirige vers le bac à sable.

« Tu n'as pas besoin de me suivre », je dis à Leone. Il s'impose derrière moi. Je peux sentir sa présence, et pas seulement parce qu'il bloque le soleil.

J'aime plutôt la lumière du soleil, l'air chaud, le fait que ce soit l'été. Ça ne va pas durer longtemps, le beau temps.

L'hiver à Breckenridge est brutal. Je n'ai pas du tout hâte, même si l'idée d'emmener Nova faire de la luge est légèrement attirante.

« Je suis censé m'assurer que Nova est en sécurité. »

Je jette un coup d'œil par-dessus mon épaule au garde habillé d'un costume pointu. « Tu te fais remarquer. Va là-bas. » Je fais un geste vers le côté opposé du parc.

« Pourquoi ? » Leone demande. Il sort une paire de lunettes de soleil de sa poche de poitrine. Comme si cela allait lui donner un air calme et discret.

Maintenant, il a juste l'air d'une personne bizarre dans le parc.

« J'aimerais avoir l'occasion de rencontrer d'autres nounous ou mères pour que Nova puisse se faire des amis. Avec toi qui rôdes, personne ne va venir par ici. »

Il est probablement suspendu au-dessus de mon épaule pour que les mères n'appellent pas la police pour signaler qu'un pervers surveille leurs enfants.

Je ne peux pas les blâmer. Je serais la première à appeler.

En fait, peut-être que si j'arrive à l'éloigner de moi, je pourrais faire une déclaration anonyme.

C'est cruel, mais je suis déjà fatiguée d'être un chaperon. Et je ne suis pas attirée par lui, donc tout fantasme de garde du corps est inexistant.

Moreno a plus l'air d'un garde du corps et d'un protecteur que Leone.

Peut-être que ce sont les tatouages de Moreno qui lui donnent cette ambiance de mauvais garçon.

Je ne devrais pas être attiré par lui, mais je le suis.

Leone se pavane autour du banc et croise ses bras sur sa poitrine en allant se placer près de l'entrée du parc.

C'est bien. Au moins, j'ai quelques minutes pour moi.

Nova se lève du bac à sable et se dépêche de monter les escaliers vers le toboggan. Elle n'a pas l'air d'avoir peur. Quand elle joue, elle semble ne pas se soucier du monde.

C'est comme ça qu'elle devrait être.

Toujours.

« Cette place est-elle prise ? »

« S'il vous plaît », dis-je en désignant d'un geste le siège vide à côté de moi sur le banc.

Ses deux filles s'enfuient vers les balançoires. Elles sont un peu plus âgées que Nova, mais toujours à l'école primaire. Du moins, elles le seraient si ce n'était pas l'été.

Luca a la chance de participer à un camp d'été pendant la semaine, ce qui lui permet de sortir de la maison et d'être occupé avec d'autres enfants de son âge.

« Je suis Paige », dis-je en me présentant à la brune assise à côté de moi.

« Je suis ravie de te rencontrer, Paige. Je m'appelle Ariella. Et voici Olivia », dit-elle en désignant la plus jeune de ses deux filles, « et Izzie. Laissez-moi deviner. Vous êtes la nouvelle nounou de la famille Ricci. »

C'était si évident que ça que j'étais dépassée ? « Comment le savez-vous ? »

« Le garde du corps est plutôt révélateur », dit Ariella en riant. « Je veux dire, je comprends. Tu devrais avoir quelqu'un qui te suit partout, surtout après ce qui est arrivé à sa mère. »

J'ai la bouche sèche, et bien que je veuille regarder Ariella, je ne peux pas détacher mes yeux de Nova. Le soleil de l'après-midi est étouffant, et la sueur recouvre mon front. « Qu'est-ce que tu veux dire ? » Je m'étrangle.

Moreno n'avait pas du tout mentionné la mère de Nova, et je ne voulais pas être indiscret. Ce n'était pas mes affaires.

« Merde », murmure Ariella dans son souffle. « Je ne veux pas t'inquiéter. Je suis sûre que tout ira bien entre toi et Nova. »

« Tu connais Nova ? » Je jette un coup d'œil à Ariella. Elle se mord la lèvre inférieure et n'a pas l'air contente d'avoir ouvert la bouche.

Eh bien, maintenant elle ne peut pas la fermer.

« Qu'est-il arrivé à sa mère ? » Je demande. « Moreno ne l'a même pas mentionné. »

Ariella jette un coup d'œil à Leone, puis retourne à la cour de récréation. « Je ne peux pas le dire avec certitude. Elle a disparu et a été retrouvée morte dans la rivière. Je ne dirais rien, mais tu devrais savoir dans quoi tu t'embarques. Qui est la famille Ricci. Nova est une gentille fille, mais j'ai l'impression qu'elle a besoin qu'on s'occupe d'elle. »

Moreno était un homme d'affaires. C'est vrai ? Tragiquement, sa femme est décédée, mais ça n'a pas annulé le fait qu'il avait besoin de quelqu'un pour s'occuper de sa fille. « C'est pourquoi Moreno m'a engagé. »

« Bien sûr », dit Ariella.

Leone enlève ses lunettes de soleil et se dirige vers nous.

« Écoutez, je vais vous donner mon numéro. Si vous avez besoin de quoi que ce soit, appelez, envoyez un SMS, peu importe l'heure du jour ou de la nuit. »

« C'est très gentil de ta part », je dis.

Elle attrape un bout de papier dans son sac et griffonne ses chiffres avant de me le fourrer dans la main. « Nova est une bonne enfant. Elle mérite beaucoup mieux que le sort qui lui est réservé. Elle avait l'habitude de jacasser sur les papillons et les fées. Elle était très gentille. »

Nova ne parlait pas.

Du moins, c'est ce que son père avait dit.

Pourquoi Moreno a menti ?

Ariella n'a aucune raison de me mentir et le fait qu'elle fredonnait une berceuse, quelque chose cloche.

Que s'est-il passé pour que Nova refuse de parler ?

10

MORENO

« PATRON », Leone nous interrompt, Dante et moi, alors que nous discutons de notre dernière livraison d'armes.

Les marchandises sont encore en retard, et je commence à soupçonner les DeLucas d'interférer, mais je n'en ai pas encore la preuve.

« Entrez. » Dante lui fait signe d'entrer dans son bureau.

Je suis situé en face de Dante, assis derrière son bureau.

« Que pouvons-nous faire pour vous ? » Dante demande. « Est-ce que tout s'est bien passé aujourd'hui avec la nouvelle nounou ? »

« Je voulais parler à Moreno de ce qui s'est passé au parc. » Leone s'avance dans le bureau et ferme la porte derrière lui. La pièce est insonorisée, offrant une intimité absolue.

Je ravale la boule dans ma gorge. « Est-ce que Nova a eu un problème avec l'un des autres enfants ? » Elle n'a pas côtoyé beaucoup d'enfants. Si je ne compte pas Luca, elle n'a pas été en contact avec les enfants de quelqu'un d'autre depuis l'incident.

« Ce n'était pas Nova », dit Leone. « Il y avait une femme avec de longs cheveux noirs. Elle a parlé avec la nounou pendant quelques minutes. Je ne l'ai pas reconnue, mais j'ai la nette impression qu'elle savait qui nous étions. »

« Bien », dis-je en haussant simplement les épaules.

Nous avons travaillé dur pour gagner notre réputation. En tant que second de Dante, je suis fier de la famille Ricci et de ce que nous avons réussi à accomplir ces dernières années.

« Écoutons-le », dit Dante, suggérant que je laisse le patron prendre les rênes.

Ça me convient.

C'est lui le patron.

Leone enfonce ses mains dans les poches de son pantalon. « Je n'ai rien d'autre à signaler. Ils ont parlé quelques minutes, ont échangé des numéros, semble-t-il, puis je me suis approché d'eux deux, ce qui a mis fin à tout ce qui n'était que du bavardage. »

« Je ne vois pas le problème », dis-je en croisant les mains derrière ma tête.

Dante me lance un regard noir. « Le problème est que Serene avait l'habitude d'emmener Nova au parc. Les mères vont forcément faire des commérages pour savoir pourquoi la petite tigresse bavarde a soudainement perdu sa voix. »

Je ne suis pas un idiot. Je réalise que ça va forcément arriver avec Paige, et j'espérais juste que ça ne serait pas la première semaine de son embauche.

Je ne voulais même pas la laisser aller au parc. Dante et Nikki avaient poussé l'idée que Nova voie un psychologue pour enfants, ce qui m'a encouragé à donner plus de liberté aux deux filles.

C'était une erreur.

Je me racle la gorge et je sens leurs deux regards durs. « Je vais m'en occuper. »

« Je suis sûr que vous le ferez », dit Dante avec perplexité. « Puis-je vous suggérer de lui parler dans un endroit où il y a beaucoup de place et de grands espaces ? »

« Pourquoi ? » Je ne comprends pas où il veut en venir avec ce raisonnement.

« Elle va se sentir piégée quand elle réalisera le coup porté à notre famille. Emmène-la dans un endroit sûr, isolé, mais romantique. »

Je grogne dans mon souffle. « Tu essaies de me brancher avec la nounou ? »

Dante fait signe à Leone de nous laisser seuls.

J'aurais préféré que Leone ne parte pas maintenant, mais Dante est le patron. Ce qu'il dit est valable.

Sauf que je ne vais pas baiser la nounou parce que Dante pense que je devrais.

« Cela fait presque un an que votre femme est morte. Je pense que vous méritez un peu de bonheur, et si ça implique de la laisser se mettre à genoux pour vous sucer, alors je ne vois pas le problème. »

« T'es obligé d'être aussi grossier ? » Je passe une main dans mes cheveux, mal à l'aise avec cette discussion. Je ne cherche pas du sexe ou des relations sans attaches. J'ai un enfant.

J'ai plus besoin d'une mère que d'une femme en ce moment.

Mais je ne vais pas épouser la nounou ou la baiser. Bien que l'idée m'ait traversé l'esprit.

Comment ça pourrait ne pas l'être ? Elle est parfaite, chaque courbe est bien prononcée, et elle le porte avec assurance, ce qui la rend encore plus sexy.

« Je pense juste que tu serais beaucoup plus heureuse si tu t'envoyais en l'air », dit Dante en courbant ses lèvres en un sourire.

Il n'a pas tort, mais je ne peux pas prendre ce chemin avec Paige. C'est dangereux pour de nombreuses raisons.

« Tu ne croirais pas toutes les choses que Nikki et moi avons faites. J'ai toujours pensé qu'avoir un enfant ralentirait la libido mais bon sang, c'est comme si chaque semaine elle voulait essayer quelque chose de nouveau. »

« Et tu te plains ? » Je ne le crois pas. Il s'illumine dès que Nikki entre dans la pièce.

« Non », dit-il en riant. « Je suis juste heureux, et je veux que tu le sois aussi. Tu n'as pas besoin de coucher avec la nounou. Il y a plein d'autres canons au bar. »

« Je ne vais pas aller dans un bar ou un club. » J'étais trop vieux pour courir après les culs, même si Dante possédait l'endroit. Ce n'était pas mon style. Je n'aime pas boire, et je ne me sens pas à ma place avec tous les autres qui se défoncent.

« Exact. La mafia aux dents longues, qui l'aurait cru ? » Dante me taquine.

J'ai envie de le frapper, mais c'est seulement parce que nous sommes de la même famille. J'aime ce gars et je le déteste en même temps.

Famille.

————

Je desserre ma cravate et me dirige vers ma chambre, mais pas avant d'être passé devant la chambre de Paige. Il est tard. La porte est fermée, et Leone monte la garde.

« Tu ne dors jamais ? » Je plaisante avec lui.

Il a une tête d'enfer. Je n'imagine pas qu'elle lui rende la vie facile.

« Dante me couvre jusqu'à ce que Rhys revienne. »

« Tu as de la chance. Des problèmes ? » Je n'en attends aucun, mais Leone ne me mentira pas, alors que je ne suis pas sûr que Paige me dise la vérité sur le comportement de Nova.

Leone roule les yeux. « Silencieux comme une souris. Tu t'attendais à autre chose, Moreno ? »

Je regarde ma montre. Il est largement l'heure où Nova devrait être au lit. Je me pavane devant la chambre de Paige et tourne discrètement la poignée de la chambre de Nova. La porte s'ouvre sans le moindre grincement.

Il y a une veilleuse à côté du lit qui projette une lueur chaude sur les traits endormis de Nova. Je me glisse sur la pointe des pieds dans sa chambre, fixe la couverture à moitié déchirée sur le matelas et me penche pour l'embrasser sur la joue.

Elle ne bouge pas. Nova est inconsciente.

La porte de la chambre voisine est grande ouverte, et je traverse la chambre en direction des quartiers de la nounou. Sa chambre est sombre. Je ne m'attends pas à ce qu'elle soit réveillée. Je ne devrais vraiment pas mettre ma tête dans sa chambre, mais je ne peux pas m'en empêcher.

Un coup d'œil, et elle me fixe avec ses yeux toujours verts.

Attrapé.

Elle a un lecteur de livres électroniques dans les mains, la lumière douce illumine ses traits, et elle pose la tablette sur le lit.

« Monsieur ? » Paige s'est redressée dans le lit, remontant les couvertures autour d'elle.

Je me racle la gorge. Je ne m'attendais pas à ce qu'elle soit réveillée. Les lumières de la chambre étaient éteintes, mais c'était probablement pour aider Nova à dormir et ne pas la déranger.

Je devrais me retirer de l'entrée de sa chambre, mais mes pieds me trahissent. Je ferme doucement la porte adjacente en me rapprochant de son lit, nous laissant tous les deux complètement seuls.

« Je voulais savoir comment Nova allait. Vous êtes tous les deux allés au parc cet après-midi. » Nous devrions avoir cette conversation seuls le matin ou pendant que nous sommes tous les deux habillés. Pas quand Paige est prête à se coucher.

Ça n'a pas l'air de la déranger. Ou si c'est le cas, elle est assez polie pour ne pas aborder le fait que je sois venu à l'improviste. C'est son seul moment de libre et je suis le salaud qui le lui vole.

Paige attrape la lampe de chevet et appuie sur l'interrupteur. Elle plisse les yeux un moment à cause de la lumière vive.

Nous le faisons tous les deux.

Je me perche sur le bord du matelas. Je ne lui demande pas si je peux m'asseoir.

Elle a allumé la lumière pour indiquer qu'elle est prête à parler avec moi. C'est tout l'encouragement dont j'ai besoin.

« Tu me demandes ça parce que tu veux savoir comment va ta fille, ou c'est à propos de la fille que j'ai rencontrée au parc ?"

JE N'AURAIS PROBABLEMENT PAS DÛ PARLER de la rencontre avec Ariella au parc, mais je suis sûr que Moreno sait déjà que nous nous sommes rencontrés. Ce n'est pas pour ça que ses hommes nous suivent partout ?

Il n'y a pas un moment d'intimité à l'intérieur ou à l'extérieur de ces quatre murs.

Ses yeux se resserrent, et je resserre les couvertures autour de moi. Ma chemise de nuit est trop fine pour son regard brûlant. J'aurais dû porter des sweats au lit, quelque chose de moins suggestif et révélateur.

« Avez-vous l'habitude de rendre visite à toutes vos nounous tard le soir en vous faufilant dans leur chambre ? »

Une obscurité plane sur lui à mes mots. Ai-je touché un point sensible ?

« J'ai toujours été fidèle à ma femme », rugit Moreno. Ses mots me frappent comme une gifle au visage, et il se lève.

Je l'ai insulté.

Eh bien, il n'aurait probablement pas dû venir dans ma chambre à l'improviste.

Il a besoin d'apprendre un peu de respect. Ce n'est pas parce que je travaille pour lui qu'il me possède. Il ne peut pas se pavaner dans ma chambre sans permission.

« Désolé », je m'excuse. « Mais on ne peut pas avoir cette conversation demain ? » Je regarde l'horloge. Il est un peu plus de neuf heures. Il n'est pas vraiment si tard. Je me couche tôt parce que divertir Nova est épuisant.

Non pas que je veuille l'admettre à Moreno.

« Non. » Son ton est coupé. » Habille-toi et retrouve-moi bas. »

Moreno se lève sans mot dire et sort de ma chambre par la porte principale.

Que diable vient-il de se passer ?

Je reste assis et fixe la porte pendant quelques secondes avant de me pousser hors du lit et d'accéder à sa demande. Pourquoi dois-je m'habiller ?

Je grommelle dans mon souffle et j'attrape une paire de sweats et un t-shirt.

Nous n'allons nulle part, n'est-ce pas ?

Je me précipite dans la salle de bains, je m'habille, puis je sors discrètement de la chambre.

Je suis surpris - et soulagé - qu'il n'y ait pas de garde devant la porte. Peut-être que Moreno commence à me faire confiance. Je surveille sa fille.

Je me dirige vers le couloir, et il m'attend en bas de la cage d'escalier.

« Tu en as mis du temps. » Le sourcil de Moreno se fronce. « Cette tenue ne fera pas l'affaire. Retourne te changer et mets quelque chose que tu porterais en dehors de la maison. »

Je baisse les yeux sur mes vêtements confortables. « Je porterais ça dehors », je murmure dans mon souffle. Ce n'est pas vraiment à la mode ou mignon, mais est-ce que ça doit l'être ?

Il est toujours dans son costume noir minuit qu'il portait aujourd'hui, costume, cravate et tout.

Je suis sur le point d'agir comme sa fille et de faire une crise de colère, mais j'expire un grand souffle à la place.

« Bien. » Je retourne dans la chambre et je ferme la porte.

Je n'ai rien d'autre que mon costume d'entretien et je ne vais pas le porter pour ce qu'il a prévu.

Des bruits de pas se dirigent vers la cage d'escalier. Moreno doit être en train de monter.

A-t-il l'intention de m'aider à choisir quelque chose ?

Pourquoi ?

Je prends une jupe noire au genou et un chemisier rouge foncé. Je ne sais pas pourquoi il y a tant d'agitation. Moreno a un bâton enfoncé dans son cul.

Je ricane et, avec un sourire narquois, je me change rapidement dans la salle de bain. Lorsque j'ouvre la porte de la chambre, Moreno se tient de l'autre côté et me regarde de haut en bas.

Il est évident qu'il approuve.

Son regard sur mon corps fait monter une chaleur interdite sur mes joues.

« Où allons-nous ? » Je demande, en fermant la porte derrière moi.

Il me conduit en bas des escaliers jusqu'au foyer, où je mets mes chaussures. Il prend les clés de son véhicule.

« J'ai pensé qu'une sortie nocturne te ferait du bien, et c'est l'occasion pour nous d'apprendre à nous connaître. A moins que tu n'aies d'autres projets ? »

Je ris sous cape en me glissant dans mes talons noirs. « Tu veux dire autre que lire avant de se coucher ? » J'aime ma routine nocturne, mais sortir n'est pas non plus une mauvaise décision. Je veux en savoir plus sur la mère de Nova, et quelle meilleure personne pour me le dire que Moreno ?

Il ouvre la porte d'entrée et m'emmène à l'extérieur vers sa voiture de sport de luxe.

« Belle voiture », je dis. J'ai suivi son SUV l'autre jour jusqu'à la cabane. « Vous avez plus d'une voiture ? »

Moreno appuie sur les boutons pour déverrouiller la porte du passager et l'ouvre pour moi. « C'est la voiture du patron, mais j'aime l'emprunter dès que je peux. »

Eh bien, au moins il est honnête.

Moreno attend que je monte à l'intérieur avant de fermer la porte derrière moi.

« MercI », dis-je et j'attache ma ceinture pendant qu'il se dépêche de passer du côté du conducteur.

Je me sens mal à l'aise, comme si c'était un rendez-vous. Sauf que ce n'est pas censé être autre chose qu'un patron et son employé qui sortent ensemble.

Je ne devrais pas faire ça, mélanger le travail et le plaisir, mais peut-être que je me fie à la proposition de sortir avec moi ?

Il n'est pas intéressé par moi.

Moreno n'a donné aucune indication qu'il m'aime bien.

Il me tolère, mais c'est l'étendue de son désir envers moi.

Je prends soin de sa fille, et toute la gentillesse qu'il montre est à cause de Nova.

« Où est-ce qu'on va ? » Je demande à nouveau, me détendant alors que le moteur ronronne et que nous nous engageons sur la route, et que les portes s'ouvrent avant même que nous nous approchions.

« On va boire un verre. Tu bois ? »

« OuI », je dis.

La voiture est une manuelle, et Moreno passe les vitesses alors que nous descendons la route. Mon estomac est un enchevêtrement de nœuds.

Il rétrograde alors que nous descendons la route. Le coucher de soleil est tardif en été, et le ciel est encore illuminé, et il est bien plus de neuf heures du soir. « J'avais oublié combien de temps il fait jour icI », je dis.

« Ouais, je suppose que oui. Je déteste admettre que je n'avais pas remarqué. Je suis généralement enfermé à la maison la plupart des nuits. » Moreno me jette un bref regard avant de reporter son attention sur la route.

« Dante vous tient occupé ? »

Sa poigne se resserre sur le volant.

« Le travail me tient occupé », dit Moreno.

« Vous ne m'avez jamais dit ce que vous faites dans la vie. » Je doute qu'il s'ouvre à moi, mais ça vaut le coup d'essayer.

Moreno se déplace sur son siège. Il attrape sa cravate et tire dessus pour détendre le tissu. « Tu as chaud ? » demande-t-il et il monte la climatisation.

Il fait un peu chaud, mais ça ne me dérange pas.

La sueur colle à son front, et je ne sais pas si c'est ma question ou l'air chaud du mois d'août qui réchauffe la voiture.

« Mets-toi à l'aise. C'est ta voiture », je dis.

« Ouais », dit-il et il ajuste le thermostat du véhicule.

Il n'a toujours pas répondu à ma question. Je ne vais pas laisser tomber. Pas encore. « Vous parliez de ce que vous faites dans la vie. »

« Je suis un homme d'affaires. »

Cryptique. J'aurais pu deviner cette réponse en me basant sur son costume. Il est habillé de manière élégante et pointue. C'est évident qu'il n'est pas agent immobilier, et je ne l'ai pas vu sortir de la maison assez longtemps pour être avocat.

« C'est comme un code pour un tueur à gages », je plaisante.

Moreno me lance un long regard de côté.

Merde.

Il n'a pas l'air le moins du monde amusé par ma remarque.

« Attends. Tu ne tues pas vraiment des gens pour vivre ? » Mon estomac se creuse, comme s'il était sur le point de toucher le sol.

« Je ne suis pas un tueur à gages », dit Moreno.

Je pousse un soupir de soulagement. « Oh, bien. Je détesterais avoir à expliquer à Nova ce que son père fait pour vivre. »

Il remonte les vitesses alors que nous sortons de la ville.

« Je pensais qu'on allait prendre un verre », je dis.

« Tu poses trop de questions. »

Toujours aussi énigmatique.

Où est-ce qu'il m'emmène ?

12

MORENO

UN TUEUR À GAGE ? A-t-elle dit qu'elle pense que je tue des gens pour vivre ? Je suis fatigué, mais je n'ai pas imaginé sa question.

Cette fille sent les ennuis à plein nez.

Putain.

Oui, j'ai tué des hommes, mais ce n'est pas comme si j'avais signé pour tuer une balance. Ça fait partie de la responsabilité d'être le second de Dante.

Non pas que la jolie petite nounou ait besoin de savoir tout ça. C'est mieux si elle reste dans l'ignorance. C'est plus sûr pour elle et pour ma famille.

« Où allons-nous ? » Paige demande encore, et cette fois il y a un frémissement dans sa voix.

« Je te l'ai dit, des boissons. » Ce n'est pas comme si je buvais. Je reste loin de l'alcool, mais j'ai l'habitude d'être le chaperon de Dante. Au moins quand il avait l'habitude de sortir et de draguer les jolies filles. C'était avant qu'il ne rencontre Nikki et ne la mette en cloque.

Je ne ferai pas la même erreur.

Non pas que Dante ne soit pas heureux, il est follement amoureux de la fille avec laquelle il a couché, mais c'était contre son meilleur jugement de coucher avec la fille de son ennemi.

J'ai au moins un peu de classe.

Je ne prévois pas de coucher avec la nounou.

Je lui jette un coup d'œil du coin de l'œil, puis je ramène mon attention sur la route. La voiture est étouffante, et bien que j'aie déjà desserré ma cravate, cela ne suffit pas à refroidir le véhicule.

« Tu es toujours aussi énigmatique ? » Paige demande.

Le tremblement a disparu de sa voix. Ses mains sont positionnées sur ses genoux. Elle semble calme et posée.

Est-ce un acte ?

Peut-elle voir à travers moi et le genre d'homme que je suis ?

« Ça vient avec le fait de travailler pour Dante », dis-je en riant dans mon souffle. Elle n'a aucune idée des secrets que je suis obligé de garder.

« Comme je l'ai dit, énigmatique. » Elle me fixe, et je me sens encore plus chaud sous son regard.

Ce soir, il s'agit de la mettre sur la sellette, pas l'inverse. Comment diable fait-elle pour me mettre sur la sellette ?

Ça doit être le simple fait qu'elle est sexy dans cette tenue.

J'aurais peut-être dû la laisser porter un pantalon de survêtement et un t-shirt ce soir pour ne pas la déshabiller dans ma tête.

Je n'ai pas baisé depuis la mort de Serene. Coucher avec une autre femme me semblait mal, comme trahir ma femme.

Mais elle est morte, et j'ai été un misérable bâtard pendant bien trop longtemps.

Je veux juste goûter une fois au doux fruit défendu.

Paige est hors-limites. C'est la nounou de ma fille, mais ça ne m'empêche pas d'apprécier sa présence. Et d'imaginer ce que ce serait de l'embrasser, de la toucher, et d'enfoncer ma bite en elle.

« On est presque arrivés », je dis et je m'arrête sur la route principale qui mène à une boîte de nuit. C'est discret pour le milieu de la semaine, sans trop de clients.

Parfait.

Dante possède un certain nombre de clubs et de bars à Breckenridge et en dehors de la ville. J'ai opté pour l'endroit le plus insaisissable et le plus classe, Spring Valley. Paige me semble être le genre de fille qui aime qu'on lui offre du vin et un dîner.

J'ai garé le véhicule devant la porte et j'ai remis les clés au préposé en service. « Monsieur, c'est bon de vous revoir. »

Je lui offre les clés et un billet de vingt, et le jeune homme me tend un ticket pour le voiturier. Non pas que j'en aie besoin. Tous ceux qui travaillent ici savent qui je suis. Bien que Dante soit propriétaire du club, j'ai aidé à le gérer, à m'occuper des embauches et à régler les problèmes qui surgissent de temps en temps.

Paige lève un sourcil inquisiteur et se penche sur moi. Son corps frôle le mien alors qu'elle se penche pour me murmurer à l'oreille, « Je ne peux pas croire que tu les laisses prendre ta voiture. »

« La voiture de Dante », je corrige avec un sourire narquois.

« Monsieur », le videur fait un signe de tête et ouvre la porte pour nous.

J'enroule mon bras autour de la taille de Paige en la conduisant à l'intérieur, devant le videur, la réclamant comme ma propre fille. S'il ne fait que la regarder de travers, il est mort.

Le videur ne nous a pas demandé de nous identifier. Nous avons l'air d'avoir plus de vingt et un ans, et il ne va pas non plus m'embêter s'il veut garder son précieux travail.

Ses yeux ratissent l'intérieur du club. La musique pulsée se répercute sur les murs tandis que je la ramène vers le salon VIP.

« Chic », dit-elle quand je pousse le rideau de velours canneberge.

Je fixe le rideau en arrière pour que nous ne soyons pas cachés. Il n'y a pas beaucoup d'invités ce soir, et je ne l'ai pas amenée ici pour la baiser. Si j'avais voulu le faire, nous aurions pu le faire dans sa chambre.

Il y a un long canapé et une table en verre située au ras du sol. Je m'assieds et Paige s'assoit à côté de moi mais laisse un grand espace entre nous.

J'aurais dû la laisser s'asseoir en premier pour pouvoir me rapprocher. Je vais rectifier cette erreur avant la fin de la nuit.

Bon sang, avant qu'elle ait fini son premier verre de la soirée.

La nouvelle recrue, Ashlee, qui a à peine l'air d'avoir vingt et un ans, s'avance vers nous. « Je peux vous offrir un verre à toutes les deux ? »

« Thé glacé Long Island », dit Paige.

« Je vais prendre mon habituel », je dis.

Ashlee fait un bref signe de tête et un sourire et se dépêche de sortir du salon VIP. Elle est petite et blonde, mignonne, mais pas mon genre. Ashlee est trop jeune. Je préfère une femme qui a plus d'expérience de la vie que celle qui sort tout droit du lycée et qui est désireuse de plaire à tout homme qu'elle peut mettre le grappin dessus.

Je me déplace sur le canapé, me tournant vers Paige, et pose mon bras sur le dossier de la chaise. Je peux facilement caresser son cou si je laisse mes doigts se promener, mais je ne le fais pas.

Pas encore.

C'est tentant, mais elle n'est pas à moi.

Du moins, pas encore.

Je veux la faire mienne et l'entendre me supplier de lui donner du plaisir.

« Parlons », dis-je en fixant le regard hypnotique de Paige. « Tu as rencontré une mère au parc. »

Laisse-la penser que j'essaie de faire la conversation.

Ashlee revient rapidement avec nos boissons et les pose sur la table en verre. Je me penche en avant pour prendre mon Coca et, ce faisant, je me rapproche de Paige.

« C'est pour ça que tu m'as fait sortir ? Pour m'alcooliser et que je te parle d'Ariella ? » Elle prend sa boisson et porte le verre à ses lèvres.

J'esquisse un sourire en coin. « Tu m'as démasqué. »

Ce que je veux savoir, c'est ce que cette gamine d'Ariella a dit à Paige sur ma famille.

Je ne lui dis pas que j'ai l'intention de rester complètement sobre, et même si je n'ai pas l'intention de profiter physiquement d'elle, je vais faire en sorte qu'elle me dise tout.

« Ouais, eh bien, ce n'était pas si difficile », dit Paige. Elle boit une gorgée de son verre avant de le reposer sur la table. « Et oui, j'ai rencontré une maman à l'aire de jeux. Ce n'est pas une surprise. Bien que j'aie quelques questions à vous poser. »

« Je n'en attendais pas moins », dis-je. Que t'a-t-elle dit à Paige sur la famille Ricci ?

Je ne sais pas grand-chose d'Ariella, mais je sais pertinemment qu'elle est mariée à un de ces gars d'Eagle Tactical, un vrai casse-pieds.

Cela signifie que la nouvelle amie de Paige doit être tenue à l'écart du complexe pour son propre bien. Je ne voudrais pas avoir à ruiner une amitié innocente avec une balle.

13

PAIGE

MON THÉ GLACÉ LONG ISLAND est à la fois doux et fort. Cet endroit n'édulcore pas ses alcools.

Je laisse mes talons glisser de mes pieds et repousse mes jambes sous moi sur le canapé en peluche, me déplaçant pour faire face à Moreno.

Il ne va pas laisser passer la rencontre entre Ariella et moi. Son stupide garde du corps est un rat, en ce qui me concerne.

« Personne n'a rien dit à propos de la mère de Nova. » J'essaie d'avancer prudemment sur un sujet délicat. Je ne veux pas que Moreno sache que j'ai appris quelque chose de précis de ma petite conversation avec Ariella. « Où est-elle ? » Je demande. Ma voix est douce.

« Je ne vois pas en quoi cela vous concerne. »

J'attrape mon verre, je veux sentir un léger buzz pour m'aider à me détendre. Moreno est dominateur, et j'imagine qu'il n'est pas seulement un patron grincheux pour moi.

Il est aussi grincheux au lit ?

« Je m'occupe de Nova. Cela m'aiderait à me rapprocher d'elle et à mieux comprendre sa situation si je connaissais toute l'histoire. »

Il doit admettre que je n'ai pas tort. Si sa fille parlait avant, ne voudrait-il pas qu'elle parle à nouveau ? Quel genre de parent ne voudrait pas ce qu'il y a de mieux pour son enfant ?

Si j'insiste trop, il va se rétracter, ou pire, me virer.

« Sa mère n'est pas sur la photo. »

« Sans blague », je murmure dans mon souffle.

Le regard de Moreno est sombre et me fait froid dans le dos.

» Excusez-moi ? » il beugle.

J'ai l'impression que ma bouche est comme du papier de verre, et j'attrape mon verre, cherchant désespérément une autre gorgée, quelque chose pour étancher ma gorge desséchée.

« Ma femme, Serene, a été assassinée, mais je suppose que tu le savais déjà grâce à ta petite amie. »

Je bois le reste de mon verre et pose le verre vide sur la table. « Je suis désolé. »

« Vous l'êtes, parce que j'ai l'impression que vous avez vingt autres questions à poser en plus de celle-là ? »

Il n'a pas tort, mais maintenant je me sens comme une merde qui lui demande de parler de sa femme morte, de ce qui s'est passé, et de prétendre que je n'étais pas au courant pendant tout ce temps. « Je suis vraiment désolé. Je ne voulais pas vous bouleverser. »

J'attrape son bras et pose ma main sur sa veste de costume. Je me sens nue dans mon chemisier et ma jupe, comparée à toutes les couches que Moreno porte.

Ses sourcils sont froncés, et ses lèvres sont pincées. « J'aimais Serene. Je l'aime toujours, mais elle n'est plus là, et on fait avec les moyens du bord. »

Moreno attrape son verre et se lève, l'emportant avec lui, me laissant dans la poussière alors qu'il se dirige vers le bar.

Merde.

Je ne voulais pas l'offenser. Je retombe sur mes talons et attrape mon verre. Je sors de la cabine VIP et je descends vers le rez-de-chaussée où se trouve le bar.

Moreno se penche en avant, ses mains jointes sur le bar alors qu'il parle avec Ashlee. Je ne peux qu'imaginer ce dont ils parlent. J'ai envie de courir dans la direction opposée.

Dois-je lui laisser de l'espace ?

Tout en moi je crie de retourner m'asseoir.

Mais mes jambes me trahissent et je fais un pas en avant, un pied devant l'autre.

Je dois faire quelque chose. Mais je ne suis pas sûr de quoi.

Moreno est mon patron. Si je ne peux pas arranger ça, je suis royalement foutu. Ce n'est pas comme si après mon service je pouvais rentrer chez moi, me détendre et m'échapper du travail.

Je vis avec cet homme. Et même si on ne partage pas une chambre, on vit sous le même toit.

C'est compliqué.

Je marche intentionnellement un peu plus fort en m'approchant, mes talons claquent sur le parquet, mais la musique est trop forte pour qu'il la remarque.

« Je ne t'ai jamais vu commander du whisky », dit Ashlee en lui versant un nouveau verre. « Bon sang, je ne t'ai jamais vu commander de l'alcool. »

Les yeux d'Ashlee s'écarquillent, puis elle s'éloigne pour nous laisser de l'intimité.

Je ne sais pas si je dois la remercier ou la reprendre pour que les choses restent civiles entre nous.

« On peut parler de Nova ? » Ma voix est douce, gentille et non menaçante. Je ne veux pas me battre avec lui. J'ai l'impression qu'il est une bombe à retardement qui va exploser à tout moment.

Son silence m'effraie plus que tout.

Il descend son verre et fait signe au barman de revenir. « Laisse la bouteille. »

Ashlee prend le whisky haut de gamme et le laisse sur le comptoir avant d'être hors de vue et de portée de voix.

« Que voulez-vous savoir ? » Moreno demande, mais sa question ressemble plus à une accusation, et j'ai le pressentiment que si je demande ce que je veux désespérément savoir, ça ne va pas bien se terminer.

« J'ai remarqué qu'elle n'a pas d'amis. »

Il renonce au verre pour le deuxième verre de whisky et porte la bouteille à ses lèvres à la place. « Elle a Luca. »

« Il a presque six ans », je lui rappelle. « Elle a besoin d'amis de son âge. »

Il se tourne rapidement pour me faire face, et je sens une chaleur m'envahir à sa proximité. Et ça ne s'arrête pas là.

Non, il se rapproche, me forçant à faire un petit pas en arrière, sauf qu'il attrape ma hanche et me coince entre lui et le bar.

Je prends une grande inspiration.

« Je t'ai laissé l'emmener au parc. » Il n'y a aucune gentillesse dans ses mots et aucune chaleur dans son regard sombre et sévère qui me toise.

Je ne le repousse pas.

Peut-être que je devrais sortir pour prendre l'air. Cette idée me trotte dans la tête, mais elle disparaît lorsqu'il pose ses lèvres sur les miennes.

Son souffle est chaud, ardent. Ses mains tirent sur mes hanches, me serrant contre lui. Il est rude et exigeant, mais sa force ne rencontre que mon empressement.

« Moreno », je murmure, surprise par le seul mot qui s'échappe de mes lèvres.

Qu'est-ce qu'on est en train de faire ?

Pourquoi m'embrasse-t-il ?

Sa main est positionnée dans le bas de mon dos. Il me tire plus fort, me laissant sentir son désir tandis que son autre main serpente le long de mes cuisses et remonte ma jupe.

Non. Non. Non.

C'est mon patron.

Je ne devrais pas faire ça avec lui.

On ne devrait pas faire ça.

Je suis perdue dans une mer de chaleur et de désir alors que ses doigts me taquinent à travers ma culotte. « Quelqu'un pourrait nous voir », je râle contre ses lèvres.

Déjà, il me coupe le souffle.

« Veux-tu que j'arrête ? » murmure-t-il à mon oreille et commence à sucer et à tirer sur le bas de mon lobe d'oreille.

Putain.

Il sait exactement quoi faire pour me faire tomber en morceaux.

J'ai les genoux fragiles, littéralement, et je ne sais pas combien de temps je vais pouvoir tenir. Une partie de moi envisage de sauter sur le bar pour le laisser me baiser, mais je sais que nous ne sommes pas seuls.

C'est juste un fantasme éphémère. Ça ne peut pas arriver.

Bon sang, ça ne devrait pas arriver, mais c'est le cas, et je ne l'arrête pas.

Moreno se retire et jette un coup d'œil à mes lèvres.

« Pourquoi t'es-tu arrêté ? » Déjà, je suis à bout de souffle, haletant et cherchant l'air alors qu'il retire ses doigts de sous ma jupe.

« Tu ne m'as pas supplié de te laisser venir », dit Moreno avec un sourire narquois.

Je veux effacer ce sourire suffisant de son visage. Est-ce que tout ça n'est qu'un jeu pour lui ?

Je me penche en avant pour l'embrasser, prouvant que je le veux et que je veux que ça se passe entre nous.

« Moreno ! » Une voix forte résonne dans le bar. « On dirait que tu as trouvé un charmant remplaçant. »

L'embarras brûle mes joues. Est-ce que Vance a vu ce que nous faisions ?

Le contrat que j'ai signé avec Nanny Agency, Inc. promettait que je serais professionnelle à tout moment.

Eh bien, putain.

« Vance DeLuca », le ton de Moreno envoie un frisson le long de ma colonne vertébrale.

« Dis bonjour à Nicole pour moI », dit Vance avec un sourire malicieux.

Il y a quelque chose de sombre et sinistre dans la façon dont Vance se déplace vers Moreno.

« Ne bouge pas », Moreno me prévient.

Quoi ? Pourquoi ?

Où est-ce que j'irais ?

Je n'ai pas la moindre idée de ce qui se passe, mais je peux déjà sentir les ennuis. Ces deux hommes ont une histoire ensemble.

S'ils se détestent, alors pourquoi Moreno a utilisé Nanny Agency, Inc. pour m'engager ?

Je fouille dans ma pochette et je sors mon téléphone portable. Mes mains tremblent. Honnêtement, je ne suis même pas sûre de qui je pourrais appeler. Je n'ai pas le numéro de Dante, et la police ne peut pas m'aider. Je pense que le temps qu'ils arrivent, le bar sera en ruine, et Moreno sera arrêté ainsi que l'homme qui a fait en sorte que je sois engagée comme nounou par les Ricci.

Moreno retire son bras et donne un uppercut puissant à Vance.

Puis il attrape mon bras et me traîne précipitamment hors du bar et devant le videur qui monte la garde tandis que nous nous dépêchons de rejoindre la voiture.

Le valet a déjà fait le tour du véhicule. Il n'y a pas d'attente pour sa voiture, comme s'ils savaient qu'il allait partir d'ici.

Mais comment le sauraient-ils ?

« Qu'est-ce qui se passe ? » Je demande. Je me précipite dans la voiture, et Moreno est déjà à la place du conducteur au moment où je m'installe dans mon siège.

Il appuie sur l'accélérateur, et nous sortons du parking à une vitesse record.

La mâchoire de Moreno est serrée, ses mains serrent le volant. Il continue à regarder dans le rétroviseur, et nous passons à une vitesse record.

Si on passe devant un flic, Moreno aura une amende pour conduite dangereuse. Son pied n'a pas lâché l'accélérateur alors que nous prenons les virages de la route et retournons vers la ville.

« Parle-moi ! »

Je ne supporte pas le silence.

Quoi qu'il pense que je ne peux pas gérer, il n'a même pas essayé de s'expliquer.

14

MORENO

JE N'AURAIS PAS DÛ ESSAYER d'embrasser Paige.

Non pas que je regrette d'avoir enfoncé ma langue dans sa bouche ou ma main dans sa jupe. Je pouvais la sentir trembler dans mes bras.

La voix de Paige est remplie de peur même maintenant, alors que nous nous précipitons vers le complexe. C'est le seul endroit sûr pour elle, avec des dizaines d'hommes qui montent la garde pour protéger notre famille.

C'est l'erreur qui a été faite le jour où Serene est morte. Elle n'était pas à la maison, en sécurité.

Et ça l'a fait tuer.

Elle n'était pas la seule à être morte ce jour-là, assassinée par Vance et ses hommes.

« Parle-moi ! »

Je veux tout lui dire, mais je doute qu'elle puisse le supporter, et la laisser partir n'est plus une option.

« Vance DeLuca est le chef de la famille DeLuca. »

Elle est silencieuse.

Un peu trop silencieuse. « Ils sont de la mafia », je répète, ayant le soupçon qu'elle ne sait pas de quoi je parle. Pourquoi le saurait-elle ?

« Et qu'est-ce que ça a à voir avec Nikki ? Il a aussi mentionné Nicole. »

J'expire un souffle lourd. Ce n'est pas à moi de partager le passé de Nikki avec Paige. C'est à elle de raconter cette histoire. « C'est une vieille famille », je dis.

« Nikki fait partie de la mafia ? Je ne peux pas croire ça », dit Paige. Ses mains sont sur ses genoux, et elle se tripote les doigts, tripotant ses ongles parfaitement polis.

« Née dedans, c'est plutôt ça. Une princesse de la mafia. »

« Pas possible. » Paige secoue la tête en signe de dénégation. « Et ça ne te dérange pas de vivre avec eux ? Avec ta fille sous leur toit ? »

Ne réalise-t-elle pas que je suis l'une d'entre eux ?

Je ne suis pas une DeLuca. Je suis une Ricci.

« Nikki ne fait plus partie de la famille DeLuca. Elle ne l'a pas été depuis que Luca est né. Son père est mort, et Vance a repris l'affaire quand elle est venue rester avec nous indéfiniment. »

C'est plus que je ne devrais lui confier.

« Rien de tout cela ne doit être partagé avec quiconque. Vous comprenez ? » Je la fixe durement avant de reporter mon regard sur la route.

Il fait nuit dehors, l'air nocturne s'est enfin rafraîchi, et la voiture est confortable, à l'exception de l'épaisse tension qui règne entre nous.

« Je ne dirai rien. A qui je le dirais ? » Paige dit. « D'ailleurs, qui me croirait ? »

« Je dois appeler Dante. Pas un mot. Ok ? » Je la préviens avant de l'appeler via le système Bluetooth de la voiture.

« Qu'est-ce qu'il y a ? » Dante répond à la première sonnerie.

« On a de la compagnie », je dis.

Il répond rapidement. « Invités ou non ? » Il demande silencieusement si on a besoin de renforts ou si je ramène un rencard.

« Non invitée. » J'ai Paige dans la voiture avec moi. Qui d'autre ramènerais-je à la maison ou inviterais-je avec nous ? Il devrait me connaître mieux que ça.

« Je m'en doutais. Nous serons prêts quand tu arriveras », dit Dante.

Je raccroche l'appel et expire un grand souffle.

Nova sera en sécurité. Elle, Luca et Nikki seront enfermés dans la panic room à la minute où Dante raccrochera le téléphone.

Il y a des protocoles à suivre. Peu importe que ce soit le milieu de la nuit pour Nova et Luca. Ils seront tirés de leurs lits et emmenés dans la chambre forte pour dormir.

« Et maintenant ? » demande Paige. Elle jette un coup d'œil dans le rétroviseur latéral alors qu'un groupe de phares se faufile derrière nous.

Il n'est pas rare que d'autres personnes soient sur la route à cette heure-ci.

C'est l'été.

Il y a beaucoup de touristes qui se rendent à Glacier. Le parc national n'est pas si loin de Breckenridge, et nous avons pas mal de camping-cars qui traversent la ville.

Mais un autre regard dans le rétroviseur, et ce n'est pas un camping-car.

Les phares sont plus bas et plus rapprochés.

C'est une voiture, mais il fait trop sombre et elle est trop loin pour qu'on puisse en savoir plus.

J'appuie plus fort sur l'accélérateur, faisant tourner le moteur et passant les vitesses alors que nous nous dépêchons de retourner vers l'enceinte.

Si c'est Vance, il ne viendra pas sans son entourage.

On se dépêche de repasser la porte principale, et je pousse Paige à l'intérieur de la maison et jusqu'à la panic room. L'entrée est cachée dans la chambre principale de Dante et Nikki, dans le placard.

Je tape le code, et la porte s'ouvre lentement. « Rentre à l'intérieur. »

« Où est Nova ? » Paige demande. Elle tourne sur ses talons, et me regarde fixement.

« Elle dort icI », répond la voix douce de Nikki de l'intérieur de la panic room.

Pense-t-elle honnêtement que je vais la faire entrer et oublier ma fille ?

« Et toi ? » Paige hésite. Sa main s'accroche à mon bras, et je sens le léger tremblement dans son contact.

« Je vais m'en sortir. Quelqu'un doit vous protéger, vous et les enfants. »

Je me penche, volant un dernier baiser au cas où l'occasion ne se représenterait jamais. Je ne sais pas si Vance est en route ou non, mais il n'a pas débarqué à Spring Valley dans un club appartenant à Dante par hasard.

15

PAIGE

JE SENS ENCORE son souffle contre mes lèvres, mon cœur qui bat contre ma cage thoracique, alors qu'il me pousse dans la panic room et ferme la porte.

Nous sommes enfermés à l'intérieur.

Nikki s'assied sur un canapé futon et décale ses jambes pour me permettre de la rejoindre. La pièce est petite mais meublée. Il y a un ensemble de lits superposés contre le mur. Luca dort sur le lit du haut et Nova est pelotonnée à côté de Nikki sur le canapé.

Au moment où j'entre dans la pièce et me dirige vers le canapé, les bras de Nova sont tendus vers moi.

« Tu es censée dormir », dis-je et je prends Nova dans mes bras pour l'embrasser avant de m'asseoir sur le canapé.

La petite grimpe sur mes genoux pour des câlins, et Nikki me tend une couverture de l'arrière du futon que je peux utiliser pour aider Nova à être un peu plus confortable.

« Bonne chance pour la faire dormir », dit Nikki avec un sourire en coin. « Première fois en confinement. Je parie que ce n'est pas ce que vous pensiez être une nounou. »

Je glousse sous mon souffle. « Moreno n'a certainement pas mentionné une panic room. »

« Je parie qu'il ne l'a pas fait. » Elle rit et secoue la tête.

La pièce sent la peinture fraîche, le bois neuf et la construction récente, contrairement au reste de la cabane, qui semble être entretenue mais n'est pas neuve.

« J'ai entendu dire que tu avais un rendez-vous chaud avec le patron », dit Nikki.

Elle me laisse bouche bée, et Nova lève les yeux vers moi, curieuse de connaître notre conversation. Nova a l'air aussi stressée que moi.

« Relax, je plaisante. Je suis sûr que vous êtes sortis en amis pour faire connaissance. »

Je frotte doucement le dos de Nova pour qu'elle s'installe. Elle semble s'y sentir à l'aise et pose sa tête sur ma poitrine en s'enfouissant contre moi pour des câlins.

« C'était un sacré baiser, quand même », dit Nikki.

Est-ce que ça s'est réchauffé de plusieurs degrés ici ?

Nova lève la tête et me regarde fixement.

Pour une fois, je suis reconnaissant qu'elle ne parle pas. Je ne suis pas sûr de ce qu'elle dirait de son père et moi partageant un baiser.

Elle a quatre ans, cependant. Ce n'est pas comme si elle avait son mot à dire sur les personnes avec qui son père sort.

Non pas que nous sortions ensemble.

« Quoi qu'il en soit », je dis avec un sourire trop zélé, en essayant de changer de sujet. « C'est un événement régulier ? » Je fais un geste vers le panic room. A quelle fréquence dois-je m'habituer à venir ici ?

« Jouer à cache-cache et ne pas chercher ? » Nikki plaisante. « Plus souvent que je ne le voudrais, mais honnêtement, ce n'est pas si fréquent. Je pense que l'année dernière, depuis que Dante a fait construire la chambre, nous sommes venus ici deux fois. »

Ce n'était pas si mal.

« Qu'est-ce que Moreno t'a dit sur la raison pour laquelle nous sommes enfermés ici ? » Nikki demande.

Elle semble prudente, comme si elle ne voulait pas en dire plus que ce qu'elle est supposée dire, mais j'ai la nette impression que si je peux faire parler la fille, elle va parler comme une tempête. Elle en a déjà dit bien plus que moi depuis qu'on est enfermés ensemble.

Peut-être qu'elle va révéler tous les secrets de Moreno.

« J'ai rencontré Vance au club », je dis, en étudiant son expression. Peut-être que je ne devrais pas mentionner qu'il dirige Nanny Agency, Inc...

La couleur se vide de son visage. « Il est de retour ? » Nikki tire la langue, se lèche les lèvres et se lève.

Elle commence à faire les cent pas dans toute la pièce. Ce n'est pas très grand, mais nous ne sommes pas non plus dans un placard.

Derrière ?

Quand est-ce qu'il est parti ?

L'emprise de Nova sur moi se resserre.

J'avais espéré qu'elle s'était endormie ou au moins qu'elle se rapprochait, mais au son du nom de Vance, elle a réagi comme Nikki.

Qu'est-ce qu'il se passe ?

« Il a parlé de toI », je dis, en fixant Nikki. Je devrais probablement faire attention à ce que je dis autour de Nova, mais ce n'est pas comme si je pouvais la mettre dans une autre pièce et avoir cette conversation entre adultes. Nous sommes tous enfermés ici ensemble.

« Pas une surprise. Il essaye de m'atteindre depuis que je me suis enfuie. Ce salaud pense qu'il peut diriger ma vie même si mon père est mort et hors-jeu. » Elle croise ses bras sur sa poitrine et s'affale sur le canapé.

« Personne ne laissera quoi que ce soit t'arriver ou arriver à qui que ce soit icI », je dis.

« Je sais. » Les lèvres de Nikki se rapprochent et elle ferme la bouche.

Il y a quelque chose qu'elle ne dit pas.

Elle n'est pas la seule à garder des secrets.

———

« Fausse alarme », dit Dante en déverrouillant la porte de la panic room.

Moreno le suit, regardant la couchette du bas vide pour Nova avant de réaliser qu'elle est dans mes bras, endormie.

Je m'étais assoupi pendant quelques minutes, ou était-ce des heures qui s'étaient écoulées ?

« Il est tard. Nous devrions la mettre au lit », dit Moreno. Il se penche en avant et prend l'enfant endormie dans mes bras.

Je me lève silencieusement et le suit hors de la panic room.

J'ai d'autres questions qui me trottent dans la tête. Le soleil se lève déjà, perçant à travers les rideaux.

« Tu es sûr que c'est sans danger ? » Mes yeux me brûlent, et je les frotte tout en suivant Moreno qui borde Nova dans son lit, tirant les couvertures autour de son petit corps.

Il se penche et dépose un baiser sur son front avant de me regarder par-dessus son épaule.

« Tu devrais dormir un peu. Nova va se lever tôt. »

J'expire un souffle lourd. « Il y a peu de chances que ça arrive. Je suis surpris de m'être endormi là-dedans », admets-je.

« Je vais faire du café. Tu en veux ? »

Je le suis en bas. Il s'est déjà débarrassé de son costume. Je ne sais pas trop quand il s'est déshabillé, mais je ne peux pas m'empêcher de sourire devant la chemise sombre moulante et le pantalon de survêtement qu'il porte.

Je ne l'ai jamais vu avoir l'air le moins du monde décontracté, et c'est tout aussi sexy que lorsqu'il est dans son costume hors de prix.

« Ouais, ça a l'air bien. » Je suis sur ses talons, descends les escaliers, et prends place à la table haute de la cuisine.

Moreno me prend une tasse de café ainsi qu'une pour lui et vient s'asseoir en face de moi.

Il a l'air aussi fatigué que je le suis. « Tu n'es pas obligé de rester debout avec moI », dis-je.

Je doute que ce soit la raison pour laquelle il est encore éveillé, mais je ne veux pas qu'il ait l'impression de devoir me surveiller.

« L'adrénaline est à peu près aussi forte que quatre tasses de café », dit Moreno en souriant à sa tasse.

« Si c'est le cas, alors je vais vous débarrasser de ça. » J'attrape sa tasse de café, mais il l'arrache en premier.

Moreno offre un sourire en coin. « Bien essayé. » Son regard se pose sur sa boisson chaude et fumante. « Écoute, je sais que tu veux emmener Nova au parc et partir à l'aventure, mais je ne peux pas laisser cela continuer. »

C'était une sortie.

Je sirote ma boisson. Le liquide me brûle le palais, et je grimace.

« C'est à cause d'Ariella ou du type du club ? » Je ne suis pas sûr qu'il soit surprotecteur ou contrôleur. Je n'ai pas appris à connaître Moreno assez longtemps pour déchiffrer entre les deux options.

Vance a une note élevée pour le facteur effrayant. J'ai ressenti la même chose quand je l'ai rencontré, mais je ne sais pas si Moreno exagère ou s'il a raison.

Moreno pose sa tasse avec force sur la table.

Elle cliquette, et je frissonne involontairement.

« Est-ce important ? » demande-t-il.

C'est important pour moi, mais je ne pense pas qu'il donnera une réponse honnête.

« Tu ne peux pas garder Nova enfermée dans cet endroit. »

Ses yeux se resserrent, et il y a une obscurité qui s'installe sur lui quand il parle. « C'est sa maison. »

« Elle n'est pas une prisonnière. C'est une enfant. »

Moreno souffle bruyamment dans sa respiration. « Vous ne pouvez pas partir, non plus. »

« Quoi ? »

Il ne peut pas être sérieux.

« Tu penses que c'est sûr pour toi là-bas ? Vance sait que vous travaillez pour moi. Vous êtes une cible. »

J'ouvre la bouche pour lui dire que c'est Vance qui dirige l'agence de nounous, mais je me ravise. Ensuite, il ne me fera plus confiance et pensera que je travaille pour Vance.

« Nous irons bien. Je vais amener Leone avec moi. »

« Tu ne prends pas ça assez au sérieux », dit Moreno. Sa mâchoire est serrée, et il s'éloigne de la table de la cuisine et verse une deuxième tasse de café. « Exactement pourquoi tu ne peux pas partir et certainement pas avec ma fille. »

Une autre tasse de café.

Oui, c'est exactement ce dont il a besoin.

Il est déjà sur les nerfs.

« Putain. »

« Qu'est-ce qui ne va pas ? » Je lui jette un coup d'œil par-dessus mon épaule. Il étudie son téléphone. Quelque chose l'a énervé, et cette fois, ce n'était pas moi.

16

MORENO

LE PUTAIN de rendez-vous chez le thérapeute.

J'ai failli l'oublier. Enfin, je voulais l'oublier car emmener Nova chez un psy n'était pas mon idée.

Je dois remercier Dante et Nikki pour avoir interféré dans mes affaires.

Ils essaient d'être utiles, de s'occuper de la famille, mais ça ne rend pas les choses plus faciles. Je ne veux pas parler de la mort de Serene, mais ça va forcément venir sur le tapis.

Il y a un email du thérapeute qui me demande de remplir ce stupide formulaire avant la séance. Je pensais que c'était une connerie d'assurance, qui voulait des informations pour le paiement, et j'ai assez de cash pour lui donner des centaines de dollars et ne pas m'en occuper, mais un coup d'œil et je me trompe complètement.

Elle veut un rapport détaillé sur notre famille.

Le thérapeute demande que les deux parents soient présents au rendez-vous.

Merde.

Je pensais que Nikki gérait ce genre d'information ?

Apparemment non.

« Tu veux sortir d'ici avec Nova ? » Je lance un regard à Paige.

Une idée terrible est en train de flotter dans mon esprit. Je ne devrais même pas la suggérer.

Elle hésite à répondre. Ce n'est pas étonnant. J'ai déjà exigé qu'elle ne quitte pas les lieux avec ma fille. « Je croyais que le parc était interdit ? »

Je verse cette deuxième tasse de café et laisse le liquide chaud et amer glisser dans ma gorge en prenant une grande gorgée.

C'est interdit. J'ai besoin qu'elle m'accompagne au cabinet du thérapeute et pas en tant que nounou. Nova ne dira rien, et Nikki ne le fera jamais.

En plus, ça limitera les questions, et on n'aura pas à parler du meurtre de Serene.

Je ne suis sûrement pas prête à en parler, et Nova ne parle pas.

Problème résolu.

« J'ai besoin que tu viennes avec moi vendredi à un rendez-vous pour Nova. »

Ses sourcils se froncent. « Je ne comprends pas. »

Comment pourrait-elle ? Je pousse un gros soupir. Comment je peux expliquer ça sans passer pour un con ?

Qui s'en soucie, putain ? Je suis en deuil, et c'est mon employée. Elle va m'obéir.

« Tu seras à l'heure », je dis. « Je te paierai des heures supplémentaires pour m'accompagner au rendez-vous de thérapie de Nova, en tant que mère. »

Elle rit.

Quelle audace elle a, de rire de ma douleur. « Tu trouves ça drôle ? »

Le sourire disparaît de son visage et son teint devient pâle. « Tu es sérieuse ? »

Paige pensait que je plaisantais avec elle. Je n'utilise pas l'humour comme une béquille. « Il y a certaines choses que je préfère garder privées. J'ai besoin de vos services le vendredi en dehors de la maison avec Nova. Cela pose-t-il un problème ? »

Sans mot dire, elle secoue la tête.

« Qu'est-ce que c'est ? »

« Ce n'est pas un problème », dit Paige.

« Bien. » Je finis le reste de mon café et je jette la tasse dans l'évier.

Je déteste le regard qu'elle me lance. Est-ce qu'elle se sent désolée pour moi ? Je suis fatigué des regards de pitié et des regards constants des membres de la famille après le décès de Serene.

Je pleure encore la perte de ma femme chaque jour.

Je n'ai jamais pensé que je pourrais même envisager de passer à autre chose ou de penser à une femme d'une manière autre que platonique, mais un regard à Paige, et je suis coupable.

Je la veux. Mon corps la veut. Et mon cœur bat enfin comme si j'étais de nouveau en vie.

Mais je ne peux pas l'avoir. Elle n'est pas à moi.

Le regard de Paige est sur moi, et je jure qu'il est alimenté par la tristesse et le désespoir. Elle se sent désolée pour moi. Je ne peux pas le supporter. Je déteste ces regards de pitié.

Je ne veux pas d'une baise de pitié.

Je me précipite hors de la cuisine, la laissant seule pour finir sa tasse de café.

———

J'ai évité Paige du mieux que j'ai pu. Surtout, j'ai évité toute conversation avec elle.

Nous avons des gardes supplémentaires à la maison et sur la propriété pour assurer la sécurité de la famille.

Paige n'a pas repoussé l'idée d'aller au parc, et je suis reconnaissant de ne pas avoir eu à me battre avec elle à nouveau.

On frappe doucement à la porte de ma chambre pendant que j'enfile mon pantalon.

« Qui c'est ? »

« C'est moi, Paige. » Sa voix est douce, hésitante.

« Juste une seconde », je lui réponds en fermant mon pantalon et en me dirigeant vers la porte. Je vais prendre ma chemise dans une minute. J'ouvre la porte d'un coup sec, en me demandant pourquoi elle vient à la porte de ma chambre.

Quelque chose ne va pas avec Nova ?

« Est-ce que tout va bien ? » Je demande, en la regardant de haut en bas. Je m'attends à trouver ma fille à ses côtés, mais elle n'est pas là.

Il est encore tôt. Elle est probablement dans la salle de jeux ou en train de s'habiller pour la journée. Cependant, Paige m'aide dans cette tâche.

« Le rendez-vous de thérapie est ce matin », dit-elle.

Je la regarde d'un air absent. Pourquoi vient-elle à ma porte pour me dire ce que je sais déjà ? A-t-elle cru que j'avais oublié ? « Oui, je sais. »

« Si je viens avec toi, il serait bon que je sache ce que je suis censé dire. Sommes-nous mariés ? Je suis sa mère et sa nounou ? »

Je gémis et jette mes bras en l'air. Le fait est que je n'avais pas envie de parler de tout ça ni d'y penser.

Je laisse la porte de la chambre ouverte pour qu'elle me suive dans la pièce pendant que j'attrape une chemise dans mon armoire.

« Ferme la porte, tu veux ? » Je lui jette un regard par-dessus mon épaule.

Je n'ai pas besoin que Dante ou Nikki aient vent de cette conversation.

Le fermoir de la porte se met en place. Je pousse un soupir de soulagement et continue. « Vous allez m'accompagner en tant que mère. Écoutez, je ne veux pas parler de Serene. Si tu te montres et que tu fais tout ce que je dis, tout ira bien. »

« Tout ira bien ? » Paige demande. « D'après ce que j'ai entendu, Nova avait l'habitude de parler. »

J'enfile ma chemise, je me retourne pour lui faire face. « Qui t'a dit ça ? » La colère monte en moi, et je me rapproche de Paige, oubliant les boutons de ma chemise.

Elle ne recule pas et ne se cache pas. Paige reste sur ses positions. « Est-ce important ? »

« C'était Ariella, n'est-ce pas ? Cette petite peste ! »

Paige ne bronche pas. « Qui se soucie de comment je l'ai découvert ? Le fait que tu ne le nies pas en dit plus sur ton caractère que sur le sien. »

Je devrais la détester pour la façon dont elle me parle, avec si peu de respect, mais au lieu de ça, tout ce que je ressens, c'est sa chaleur mélangée à de la colère. « Tu ne sais pas de quoi tu parles. »

« J'ai entendu Nova fredonner une berceuse l'autre jour. »

« Tu mens. » Je ne la crois pas. Ce ne sont que des jeux et des tactiques de manipulation pour que je lui fasse confiance et que je me confie à elle. Eh bien, ça ne va pas marcher. Je me détourne, ne croise pas son regard pendant que je boutonne ma chemise.

« Je sais que tu veux ce qu'il y a de mieux pour ta fille. Même si je ne pense pas que mentir au thérapeute soit la meilleure option, je suis prêt à faire tout ce que vous, en tant qu'employeur, exigez. »

« Bien. » J'attrape une cravate dans le placard. « Je suis content que ce soit réglé. Vous êtes renvoyée. »

Je me fiche que Paige en ait fini ou pas. J'en ai fini avec elle pour le moment. Je veux quelques minutes de calme avant de devoir endurer la torture pure aux mains d'un psy.

Je suis probablement trop dramatique. La psy est pour Nova, et elle ne va pas analyser ma famille.

Du moins j'espère qu'elle ne va pas regarder trop profondément dans nos vies. J'attends que Paige soit partie et que la porte se referme derrière elle avant de me diriger vers ma table de nuit.

J'ouvre le tiroir du haut et récupère une petite boîte en bois gravée aux initiales de Serene. C'était un cadeau que je lui avais offert lors de mes voyages à l'étranger.

Elle devait contenir ses photos, ses bibelots, ses souvenirs, tout ce qu'elle jugeait bon.

En soulevant le couvercle, je vois qu'il y a une poignée de photos, un ticket de cinéma et le bracelet de bébé de Nova. Je passe le doigt dans le contenu, à la recherche de l'alliance et de la bague de fiançailles de Serene. Les bagues ont été fusionnées, et après sa mort, j'ai placé le contenu dans la boîte en bois.

De temps en temps, j'y jette un coup d'œil pour me rappeler amèrement tout ce que j'ai perdu.

Parfois, cela m'apporte la paix.

Habituellement, cela me met à genoux, avec un chagrin déchirant, mais jamais de larmes.

Je ne vois pas la bague au premier coup d'œil. Je jette le contenu sur le lit.

Quatre photos.

Un talon de billet.

Le bracelet de bébé de Nova.

Il n'y a pas d'alliance.

J'ai avalé la boule dans ma gorge. Mes yeux brûlent, et je me précipite hors de la chambre.

Dante et Nikki ne me trahiraient jamais. Mes hommes savent mieux que quiconque qu'ils ne doivent pas entrer dans ma chambre, et encore moins me voler.

« Paige ! » Je crie son nom, exigeant qu'elle vienne à moi.

17

PAIGE

JUSTE AU MOMENT où je finis de mettre Nova dans sa grenouillère, Moreno hurle mon nom à pleins poumons.

Quoi encore ?

Il a l'air énervé, et ça me fait frissonner.

Les yeux de Nova sont grands et son corps se tend. « Ça va aller », dis-je en offrant à la petite un sourire chaleureux.

Ses pas sont lourds lorsqu'il entre dans ma chambre. J'entends la porte s'ouvrir et je me demande s'il ne l'a pas arrachée de ses gonds.

Moreno entre en trombe dans la chambre de Nova par la porte adjacente.

« Vous pouvez m'expliquer pourquoi l'alliance de ma défunte femme a disparu ? »

Ce n'est pas une question.

Je sens que l'accusation est dirigée contre moi.

Il s'approche, un peu trop près, comme s'il envahissait mon espace personnel.

« Je ne... » Je commence et je jette un regard à Nova.

Elle tremble et ses yeux sont remplis de larmes qui glissent sur ses joues. Nova tente de ne pas bouger, figée sur place, mais la peur qui irradie en elle est visible.

Pourtant, Moreno ne lui prête aucune attention.

Sa colère, qui semble s'être transformée en haine, brûle comme un brasier. Il est sur le point d'entrer en éruption, et je le laisse faire.

Tout pour protéger cette petite fille.

« Je suis désolé. Je n'aurais pas dû prendre la bague. » Je n'ai jamais touché la bague de sa femme morte, mais il est bien décidé à croire que je suis le méchant.

« Nous n'avons pas le temps maintenant. En bas. Maintenant », il s'énerve.

Je pousse Nova hors de la chambre et dans le hall pour se préparer à sortir.

« Je veux que la bague soit remise dans la boîte dès qu'on rentre à la maison. »

Si Nova n'a pas pris la bague, je suis royalement foutu.

Est-ce que la petite fille a les doigts collants ?

Il y a une chance qu'un des gardes ou quelqu'un qui est venu nettoyer l'endroit l'ait vu et l'ait mis en gage ?

« Je viens toujours avec toi au rendez-vous ? »

« Ne pense pas que tu vas t'en sortir aussi facilement », dit Moreno. Sa lèvre supérieure s'agite. Il essaie de contrôler sa colère.

A-t-il enfin compris à quel point Nova a peur de lui ?

« Je n'en rêverais pas », je dis.

Nous sortons, et j'ouvre la porte arrière de son SUV, aidant Nova à s'installer dans son siège auto. Je l'ai bien attachée avant de monter sur le siège avant.

Honnêtement, je préférerais m'asseoir à l'arrière avec elle. C'est plus sûr.

Moreno appuie sur l'accélérateur. Nous nous éloignons rapidement de la cabane alors que les portes s'ouvrent pour nous permettre de partir. Combien de fois encore pourrai-je me promener librement en dehors des limites de la propriété ?

————

Ensemble, nous nous asseyons dans la salle d'attente. Nova est assise à côté de moi sur une chaise double et Moreno est assis tout seul.

Cela le dérange-t-il que sa fille ait choisi de s'asseoir avec moi plutôt qu'avec lui ?

Peut-être qu'il ne le remarque même pas et que j'en fais tout un plat.

Sa mâchoire est serrée, ses mains se crispent sur ses côtés. Il est toujours furieux pour la bague qu'il m'a accusé d'avoir volé.

Je ne l'ai pas prise. Je ne savais même pas où elle était pour la lui voler. Mais j'ai la vague impression que Nova savait où elle était et qu'elle l'a volée.

Appelle ça de l'intuition.

C'est peut-être aussi parce qu'elle semble coupable, incapable de jeter un regard à son père et qu'elle me câline dès qu'elle en a l'occasion.

La porte du bureau s'ouvre en grinçant. « Salut, Nova », dit la femme. Elle se penche à la hauteur de Nova pour se présenter. « Je m'appelle Ellie. Je vois que tu as amené une amie aujourd'hui. J'ai des crayons de couleur à colorier dans mon bureau. Tu veux venir voir ? »

Nova ne bouge pas du siège à côté de moi en serrant fort sa girafe en peluche.

« Nova, allons-y », dit Moreno. Il n'offre même pas l'ombre d'un sourire. C'est comme s'il attendait qu'elle lui obéisse. Ça marche peut-être avec les gardes, mais Nova est une enfant.

Je me lève et lui offre ma main. « Allez, viens. C'est bon. » Je lui fais un sourire chaleureux, voulant qu'elle n'ait pas peur de cet endroit étrange et peu familier. « Je sais que tu aimes dessiner, et je parie qu'elle a toutes les meilleures couleurs. »

Elle me fixe, les yeux écarquillés, et saisit ma main.

« Je serai avec toi tout le temps. Et ton papa aussI », je dis. Je ne sais pas si ça l'a rassurée ou non, mais elle descend de la chaise et me serre la main alors que nous entrons dans le bureau du thérapeute.

Moreno est juste sur nos talons. Je n'en attendais pas moins.

« Laisse-moi parler », chuchote-t-il à mon oreille alors que nous prenons place sur le canapé, tous les trois.

Nova se glisse entre nous.

Je suis d'accord avec ça. Ça veut dire que je n'ai pas à m'asseoir à côté de Moreno et là, je n'ai pas envie de coopérer avec lui.

Je suppose que je fais exploser son histoire, et que la femme connaît tous les détails de Serene.

Est-ce que ça n'aiderait pas Nova ?

Honnêtement, je ne suis pas sûr que ça l'aiderait ou que ça empirerait les choses pour elle. Je peux vivre avec ça si j'énerve mon patron, mais je ne peux pas supporter de blesser Nova. Elle ne mérite pas ce genre de traitement.

Sur une petite table, il y a plusieurs feuilles de papier vierges et des crayons de couleur. Elle regarde les crayons sur la table mais ne bouge pas du canapé.

« Et si on faisait du coloriage ensemble ? » Je dis.

Je me décale du canapé, je jette un coup d'œil à Nova par-dessus mon épaule, je lui fais un sourire chaleureux et j'acquiesce.

Elle se mordille la lèvre inférieure. Elle veut faire du coloriage, mais elle semble timide et effrayée. Je ne sais pas trop de quoi - son père, la situation, quelque chose d'autre ?

Je prends le crayon violet, sa couleur préférée, et je commence à colorier tranquillement à la table.

Moreno commence à parler avec Ellie, lui expliquant quelques informations de base, et Nova se glisse du canapé et prend le crayon de ma main.

Elle n'est peut-être pas très douée pour partager, mais au moins, elle sait ce qu'elle veut.

Je lui laisse le crayon violet, elle prend une feuille de papier vierge et commence à griffonner un dessin.

Bien que je n'aie aucune idée de ce qu'elle visualise, il est évident qu'elle est attentive et qu'elle n'a plus l'esprit à la situation.

Tranquillement, je me faufile jusqu'au canapé et m'assois à côté de Moreno.

« Et vous deux êtes heureux en mariage ? » demande Ellie. « Je demande seulement parce que parfois les disputes à la maison peuvent mener à.... »

Moreno la coupe. Il passe un bras autour de mes épaules, me tirant plus près de lui en se glissant vers moi. « Oui, tout est merveilleux à la maison. N'est-ce pas ? »

« Elle est muette depuis aussi longtemps que je me souvienne », je dis. Ce n'est pas un mensonge, pas le moins du monde.

Je jette un coup d'œil à ma main sur mes genoux et je me rends compte que nous n'avions rien prévu de spécial. Je ne porte pas d'alliance.

Est-ce la raison pour laquelle Moreno était furieuse tout à l'heure à propos de la bague de Serene ? Avait-il prévu que je la porte au rendez-vous ?

Non.

Ce n'était pas possible. Pas avec sa crise de colère de tout à l'heure à la maison.

« Y a-t-il eu des changements soudains dans le comportement de Nova ou à la maison ? » Ellie demande. Elle a sorti un bloc de papier, et elle griffonne des notes pendant que nous parlons.

Ellie est située en face de nous, mais à quelques mètres seulement. Notre conversation n'est pas étouffée, mais Nova ne semble pas remarquer ou se soucier de notre présence dans la pièce.

« Rien », dit Moreno.

C'est un mensonge. Ellie peut-elle voir à travers sa charade ?

« Je veux aider Nova, mais plus vous m'en direz, mieux je pourrai déterminer ce qui se passe avec votre fille », dit Ellie. « Tout ce que vous me direz sera gardé dans la plus stricte confidentialité. »

« Il n'y a rien à dire », dit Moreno.

Ellie acquiesce et range ses notes. « Ça te dérange si je parle à Nova ? » demande-t-elle.

« Vas-y », dit Moreno et fait signe à Ellie d'approcher Nova.

Ellie est douce et se lève de sa chaise, s'agenouillant à la table. Elle prend un crayon rose et une feuille de papier.

« J'aime ton dessin », dit Ellie.

Nova lève les yeux vers la femme avant de les baisser sur le dessin. Un léger sourire se dessine au coin des lèvres de Nova, comme si elle essayait de ne pas sourire au compliment.

Je le vois.

Est-ce qu'Ellie le voit ?

Et Moreno ?

———

« Six cents dollars de l'heure pour ça ? »

« Techniquement, c'était une heure et demie », je propose alors que nous retournons à la voiture. J'attache Nova dans son siège auto. « Et le premier rendez-vous est toujours plus cher. »

Il me lance un regard. « Comment le saurais-tu ? »

« Comment ? Tu crois que je n'ai jamais vu un thérapeute avant ? Ma vie n'est pas faite d'arc-en-ciel et de papillons. »

Il grogne dans son souffle. « Vous auriez pu me tromper. »

Je roule les yeux et ferme la porte arrière après que Nova est bien installée dans son siège. J'ouvre le côté passager, je m'installe sur le siège et je le fixe du regard. « Tu devrais faire attention à ce que tu dis. »

Il fronce les sourcils.

Je me fous de ce qu'il dit de moi. Ce qui me dérange, c'est la façon dont il parle de Nova devant elle. La gamine a déjà des problèmes, et prétendre qu'ils n'existent pas et les amplifier encore est tout simplement cruel.

Je claque la porte et attache ma ceinture de sécurité pendant qu'il met la voiture en marche et nous fait quitter Spring Valley en vitesse.

Je ne sais pas s'il n'y a pas de thérapeutes pour enfants à Breckenridge ou s'il préfère s'éloigner de la ville pour que personne ne connaisse son activité.

Le trajet est silencieux, et je jette un coup d'œil derrière moi à Nova. Elle est préoccupée par sa girafe. Ses lèvres bougent, mais elle ne dit rien à voix haute.

Au moment où elle réalise que je la regarde, elle ferme ses lèvres.

Ouais, c'est ce que je pensais.

Nova cache quelque chose.

En ce qui me concerne, Moreno aussi.

Toute la putain de famille Ricci se noie dans les secrets.

Je ne veux pas me noyer aussi.

Je veux être libérée, mais j'ai l'impression d'en savoir trop, et il ne me laissera jamais partir.

ELLE A VOLÉ la bague de ma défunte épouse.

Je ne peux pas laisser passer ça. Le fait qu'elle ait avoué est encore pire.

Je pensais que quelque chose lui était arrivé et que j'exagérais, mais je sais que j'ai remis la bague à sa place la dernière fois que j'ai tenu l'alliance de Serene.

Le rôle du gentil garçon est terminé.

Maintenant que nous avons fini de faire semblant d'être mariés pour le rendez-vous de thérapie, je peux recommencer à me sentir en colère et blessé qu'elle m'ait trahi.

Peut-être que je devrais la virer pour m'avoir volé.

J'ai tué des hommes pour moins que ça, mais elle est douée avec Nova, et je ne peux pas laisser passer ça.

C'est la seule raison pour laquelle je ne l'envoie pas dormir dans le donjon. Elle est bonne avec mon enfant.

Merde.

Ma bite se tortille dans mon pantalon.

Je ne veux pas ressentir quoi que ce soit envers la petite voleuse. Mais mon corps me trahit, ainsi que mon cœur.

« Sors de la voiture », je grogne entre mes dents serrées.

Je coupe le moteur et sors en toute hâte.

La nounou est hors du véhicule avant que je puisse ouvrir la porte arrière pour récupérer ma fille. Elle est déjà en train de la détacher comme une pro.

« Je peux le faire », dis-je. La colère bouillonne dans mon sang, et je ne veux pas qu'elle s'approche de ma famille.

Un froncement de sourcils est gravé sur son visage. A-t-elle oublié qu'elle m'a volé ? « J'ai dit quelque chose de mal ? »

« Tu as volé la bague de ma défunte épouse. » J'ai ouvert d'un coup sec la porte arrière pour attraper

Nova, et elle a levé les bras vers Paige, voulant la nounou plutôt que son père.

Merde.

Je n'avais pas l'intention d'effrayer Nova.

J'oublie à quel point elle est facile à effrayer.

Nova s'accroche à Paige, enfouissant son visage dans le cou de la nounou.

Paige est douce et gentille, chaleureuse et compatissante. Elle frotte le dos de Nova en la portant dans la maison.

Je ne comprends pas comment quelqu'un qui peut être si attentionné peut aussi être si dur pour me voler.

« Je ne te paie pas assez ? C'est ça le problème ? » Je lui cours après, exigeant une réponse.

J'ai tenu ma langue assez longtemps sur le chemin du retour. Je ne peux plus me taire. La trahison me transperce comme un poignard dans le cœur, par derrière.

« J'avais confiance en toI », fulmine-je.

Paige ne me répond pas. Elle emmène Nova dans la salle de jeux au bout du couloir.

« On peut avoir cette conversation plus tard », me dit-elle par-dessus son épaule.

Je ne veux pas de plus tard. Je veux me battre maintenant. Elle me doit une explication.

« On va l'avoir maintenant. » Je refuse de reculer. Je ne laisse personne me marcher dessus, et j'ai l'impression d'avoir laissé Paige le faire en me volant.

Elle pose doucement Nova dans la salle de jeux et sort dans le couloir. « Tu vas me virer ? »

« Je dois faire plus que juste te virer. »

Elle secoue la tête, ne comprenant pas ce que ça implique.

Tu trahis la famille Ricci. Tu meurs. C'est aussi simple que ça. Mais elle n'est pas de la mafia. C'est la nounou. Et je ne peux pas oublier à quel point elle est douée avec Nova. Je déteste leur relation.

La jalousie s'infiltre dans mes veines.

« Réduisez mon salaire », dit Paige. « Peu importe le prix de la bague, je te rembourserai. »

Ne réalise-t-elle pas la valeur sentimentale du trésor ? « Ce n'est pas une question d'argent. Ma femme est morte. Assassinée. Je ne peux pas remplacer la bague.

Tout comme je ne peux pas la remplacer. Jusqu'à ce que la bague me soit rendue, vous n'avez pas le droit de partir. »

« Quoi ? » Ses yeux s'écarquillent. « Vous ne pouvez pas faire ça, monsieur. »

Je viens de le faire.

Elle va apprendre à me respecter et à respecter mon autorité.

« Vous m'avez entendu », je dis et je m'approche, la regardant fixement.

Elle fait plusieurs petits pas en arrière, ses talons frappant le bord du mur. Elle n'a nulle part où aller.

Je l'ai piégée.

La chaleur irradie de son corps. Le couloir est chaud, étouffant et suffocant. Je suis fatigué de ses jeux et de ses pitreries. Pourquoi ne peut-elle pas simplement me donner la bague ?

Elle l'a jetée ?

Elle l'a jetée dans les toilettes ?

Est-ce qu'elle me déteste à ce point ?

Je n'arrive pas à comprendre quel genre de personne volerait la mafia. Et encore, elle ne réalise probablement pas que nous sommes ce genre de famille.

Ses yeux sont larges et brillants. Ses mains tremblent sur ses côtés.

Je fais semblant de ne pas remarquer sa peur alors que je la piège. Ma main vient se poser contre le mur, ne la laissant pas s'échapper, même si elle voulait s'échapper.

Elle n'a pas essayé de courir ou de fuir.

Je ne peux pas comprendre pourquoi.

« Si tu veux ta liberté, tu rendras l'anneau de ma défunte femme que tu as volé. »

Sa paupière a tressailli pendant une brève seconde. Il y a quelque chose derrière son regard que je ne reconnais pas.

Est-ce de la colère ? Du ressentiment ?

« Est-ce que tu sens ça ? » Paige demande.

Ce n'est pas la réponse que j'attendais.

« Quoi ? C'est un jeu pour toi ? » Ma voix résonne dans le couloir.

L'odeur s'échappe de la salle de jeu et me brûle les narines.

Fumée.

.

19

PAIGE

AU MOMENT où mon patron grincheux m'accuse d'avoir volé, ce que je n'ai pas fait, je sens une odeur de fumée.

Quand il réalise enfin que je n'essaie pas de me jouer de lui pour m'enfuir, nous nous précipitons dans la salle de jeux située à quelques mètres de nous.

Les rideaux sont en feu.

Nova se tient près du feu, figée. Les flammes l'entourent et elle tousse à cause de la fumée.

« Nova ! » Je crie.

Une épaisse fumée s'enroule autour de la pièce tandis que le feu se propage rapidement d'une surface à l'autre. Les jouets sont en bois et en papier, très inflammables.

Le feu monte aux murs et au plafond.

« Je vais chercher Nova. Prends un extincteur ! » Je crie à Moreno. Plus on attend, moins le feu a de chances de rester contenu.

Je me précipite dans la salle de jeux, toussant sur l'épaisse fumée en attrapant la petite fille et en la portant hors de la salle de jeux.

Le détecteur de fumée se déclenche et émet un son à haute fréquence. Il est relié à tous les détecteurs de fumée des locaux et ils se déclenchent tous.

Moreno se précipite avec un extincteur, éteignant les flammes, mais ce n'est pas suffisant.

Deux autres gardes, maintenant conscients de la menace imminente, apportent des extincteurs supplémentaires d'autres parties de la maison, utilisant les bidons pour étouffer le feu.

Dante est derrière eux avec un autre extincteur, et Nikki pousse Luca à descendre les escaliers vers la porte d'entrée. « Je dois appeler le 9-1-1 ? » demande Nikki, la main sur son téléphone.

« Non, nous l'avons étouffé », dit Moreno.

Le feu est éteint, mais la fumée flotte toujours dans la salle de jeux et s'est étendue au-delà du couloir.

« Ouvrez les fenêtres et que quelqu'un éteigne cette satanée alarme ! » Crie Moreno.

« Que s'est-il passé ? » Dante jette un regard de Moreno à moi. Comme si j'avais quelque chose à voir avec ça.

Les bras de Nova sont enroulés autour de mon cou, et je la déplace vers ma hanche. Ses doigts tâtonnent avec quelque chose. Je ne sais pas vraiment ce que c'est quand ça tombe sur le sol avec un bruit sourd.

Un briquet.

« Où diable a-t-elle trouvé un briquet ? » Moreno se penche et attrape le briquet jetable sur le sol.

Merde.

Nova a fait ça ?

Je suis sûr que c'était un accident.

Elle ne pouvait pas savoir ce qu'elle faisait et les dégâts et le danger qu'elle causait.

« Tu lui as donné ça ? » Moreno me regarde fixement en me montrant le briquet.

« Bien sûr que non ! »

Comment a-t-il pu penser que je donnerais un briquet à une enfant de quatre ans ? Va-t-il m'accuser de lui avoir donné des allumettes ou de lui avoir dit de planter une fourchette dans une prise électrique ?

« Je suis désolé », la voix douce et fragile de Luca porte depuis la porte. Sa lèvre inférieure tremble.

« Fils, où as-tu trouvé le briquet ? » demande Dante un peu trop calmement en s'approchant de Luca, se penchant à son niveau.

Je déglutis nerveusement. Même si je n'ai rien à voir avec ça, j'ai peur que le gamin mente et me jette aux loups.

« Un des enfants l'a apporté au camp », dit Luca. « Je l'ai caché dans la salle de jeux. Je ne savais pas que Nova le trouverait. »

« Nous parlerons de ça plus tard », dit Dante. « Ouvrez les fenêtres. Nous avons besoin d'évacuer la fumée. »

Dante tourne son attention vers Moreno. « Pourquoi la nounou ne surveillait-elle pas votre fille ? »

Les lèvres de Moreno se pincent. « Nous étions en train de discuter et nous avons laissé Nova jouer seule dans la salle de jeux. Nous ne nous attendions pas à ce qu'elle tombe sur un briquet. »

Il défend sa fille.

Bien.

Dante fait un signe de tête brusque. « C'est un soulagement que personne n'ait été blessé. Je veux te dire un mot, Moreno. »

« Bien sûr, patron. Paige, emmène Nova dehors pour prendre l'air dans le jardin. Passe par la cuisine. »

Je n'ai pas besoin d'être escortée, et je suis heureuse que Moreno me laisse accompagner Nova seule dans le jardin.

L'air frais est le bienvenu, et dès que nous sommes dehors, Nova se tortille pour se libérer de mon emprise.

Je pose ses pieds sur le patio en briques et m'assois sur le banc en bois. Le jardin est petit, intime, et il y a un assortiment de légumes qui poussent.

Nova se penche en avant et montre du doigt les pois mange-tout qui fleurissent. Quelques-uns sont prêts à être cueillis. Je les arrache, un par un, et les tend à Nova.

Elle en met un dans sa bouche et le mâche bruyamment, joyeusement distraite.

La peur du feu semble avoir disparu pour le moment.

Va-t-elle faire des cauchemars ce soir ou dans le futur à cause du feu ?

J'attrape Nova et l'attire sur mes genoux pour une petite conversation. « As-tu pris la bague de ta maman dans la chambre de ton papa ? »

Bien que je n'aie pas vu la bague, je pense qu'elle se sent coupable.

Ses yeux tombent sur le sol, et elle se tortille à nouveau pour s'éloigner de moi.

« Je ne suis pas en colère », dis-je d'une voix douce et apaisante. Lui faire peur ne va pas aider. Et la réprimander non plus.

« Ton papa est triste que la bague soit partie. Ta mère lui manque beaucoup. Je parie qu'elle te manque aussi. »

Nova lève lentement les yeux vers moi avec des yeux brillants et fait un bref signe de tête.

« Sais-tu où est la bague ? » Je lui demande.

Ses lèvres sont serrées l'une contre l'autre.

Moreno ne me laissera jamais partir.

20

MORENO

SANS MOT DIRE, elle emmène Nova dans le couloir, plus loin dans la maison, vers le jardin. Je ne veux pas qu'ils s'éloignent de la propriété, et je ne peux pas être trop prudent avec les DeLucas qui sont toujours à la recherche de ma famille.

Nikki et Luca sortent par la porte d'entrée, Leone les escortant pour l'après-midi.

Les gardes continuent d'ouvrir les fenêtres pour évacuer le reste de la fumée. Nous nous dirigeons vers la bibliothèque et faisons de même, ouvrant la fenêtre qui donne sur le jardin.

J'aperçois Nova et Paige assises ensemble sur un banc.

« Vous êtes de retour depuis cinq minutes et l'endroit est pratiquement en feu », dit Dante.

« Qu'est-ce que je peux dire ? Je suis irrésistible. »

Dante émet un fort grognement. « Garde ça dans ton pantalon. Je n'ai pas besoin que tu mettes le feu au complexe à cause de la chaleur que vous dégagez tous les deux. »

Je roule les yeux. « C'est drôle. Il ne se passe rien entre nous. » Il ne s'en rend pas compte ?

Bien sûr, comment le pourrait-il ? Il ne sait pas que Paige m'a volé.

Est-ce que je lui dis ?

Si je le fais, il va s'attendre à des représailles. Je ne lui en veux pas. C'est un Don. Personne ne vole notre famille, jamais.

Si je ne le fais pas, alors je la protège, et pourquoi devrais-je faire ça ? Elle m'a trahi. Je ne lui dois rien.

« C'est vraI », dit Dante en esquissant un sourire en coin. « Rien de si excitant que tu n'aies pas remarqué que Nova jouait avec le briquet et allumait un feu ? »

« On avait un désaccord », je dis.

Ce n'est pas un mensonge.

Dante grogne dans son souffle. « Normalement, je te dirais de t'envoyer en l'air, de baiser la nounou, et de te débarrasser de la tension sexuelle, mais merde. Si ton enfant allume des feux pour attirer ton attention, peut-être que tu devrais garder ton pantalon, Moreno. »

Ce n'est pas ce qui s'est passé.

Mais j'ai compris son point de vue.

» Ça n'arrivera plus. »

Paige aurait dû surveiller Nova, et elle ne l'a pas fait parce que je l'ai coincée dans le couloir. Je ne voulais pas admettre que l'avoir plaquée contre le mur faisait frémir ma bite dans mon pantalon.

Elle avait cet effet sur moi.

Pourquoi ?

« Je pense que tu devrais la baiser », dit Dante.

« Tu n'es pas sérieux. » Il a peut-être aimé jouer sur le terrain avant de s'installer avec Nikki, mais ce n'était pas moi.

Dante ne fait même pas un sourire. « Je suis très sérieux. Ta femme est partie, et tu mérites d'être heureux. Elle a l'air d'être bien avec Nova, et c'est clair que tu as le béguin pour elle. »

« Je n'en ai pas. »

« Menteur », dit Dante.

« Tais-toi. » Il n'y a pas beaucoup de gens qui peuvent s'en tirer en parlant à leur patron comme ça. « Je n'arrive pas à croire que vous m'encouragez à la baiser. »

Il rit dans son souffle. « Je t'emmènerais bien au bar en tant qu'ailier, mais je ne te vois pas draguer une fille pour le sexe. Ce n'est pas ton style. La nounou, par contre, elle est sexy. C'est une bonne chose que je sois déjà pris. Sauf, bien sûr, si elle est intéressée par les trios. Je pourrais demander à NikkI »

« T'as pas intérêt ! »

Un sourire se dessine sur son visage.

Il sait exactement quoi dire pour m'atteindre, et ça a marché.

« Ça ne te dérangerait pas si tu ne la trouvais pas attirante. »

Ça n'a jamais été le problème. Paige est très attirante. D'innombrables fois, je l'ai déshabillée mentalement et j'ai imaginé enfoncer ma bite dans sa chaleur.

« L'attirance n'est pas le problème. C'est la nounou de ma fille. »

Dante hausse les épaules. « Où est le problème ? Si ça ne marche pas, elle démissionnera. Paige ne va pas rester dans le coin après que tu lui as collé au train.

Donc, tu vas devoir trouver une nouvelle aide, mais en attendant, tu peux aller de l'avant et peut-être ne pas être aussi grincheux tout le temps. »

« Je ne suis pas grincheux. »

« C'est vrai, et le soleil ne se lève pas tous les jours. Tu es Oscar le grincheux. Demande à Nova. »

Mes yeux se crispent.

Nova ne parle pas. Du moins, plus maintenant.

Il le sait.

Mais avant, elle parlait tout le temps, et il n'ignore pas qu'elle s'est tue depuis la mort de sa mère.

Serene n'est pas la seule à être morte ce jour-là.

La nounou de Nova a aussi été assassinée. Je ne peux pas m'empêcher de me demander si Nova n'en a pas été témoin et si c'est pour cela qu'elle est devenue muette.

21

PAIGE

NOVA et moi passons la plupart de l'après-midi dans le jardin. Il serait facile d'escalader la petite barrière blanche, mais jusqu'où pourrions-nous aller ? Le périmètre est gardé.

Bien que Moreno m'ait menacé de ne pas quitter les lieux tant que la bague ne serait pas rendue, je n'ai pas encore essayé de partir.

Cela ne fait que quelques heures.

Mais la sensation étouffante d'être retenu contre ma volonté est suffisante pour me rendre nerveux.

J'ai besoin de sortir.

Nova est ma priorité pendant la journée, et tant qu'elle sera éveillée, je ne la quitterai pas des yeux. Surtout après le feu.

Nous jouons dehors pendant plusieurs heures. Leone nous apporte le déjeuner pendant que des ouvriers entrent et sortent de la maison pour réparer la salle de jeux.

Heureusement, il n'y a pas eu de dégâts structurels, selon Leone. A l'approche du dîner, nous sommes amenés à l'intérieur pour manger dans la cuisine.

Je n'ai pas parlé avec Moreno, et encore moins vu. Il n'a même pas reconnu l'existence de Nova ou la mienne.

Est-il en colère parce que Nova a évité l'incendie ? Elle ne pouvait pas savoir que ce qu'elle faisait était dangereux.

Le briquet n'a pas eu besoin de grand-chose pour déclencher la flamme, juste un retournement du couvercle. Pas de sécurité. Pas de sécurité enfant.

C'était un désastre qui attendait de se produire.

Qui diable l'a apporté dans un camp d'enfants ? C'était un autre enfant ?

Il n'y a pas grand-chose que je puisse faire. Luca n'est pas ma responsabilité, et je suis sûr que Dante et Nikki vont gérer la situation.

Après le dîner, Rhys nous fait monter à l'étage, s'assurant que nous sommes tenus à l'écart de la salle de jeux pendant que les réparations continuent.

Le verrou se met en place au moment où la porte se ferme derrière nous.

« Sérieusement ? » Je murmure.

Pourquoi Moreno nous enferme-t-il dans notre chambre ?

Et s'il y a un autre incendie ?

Est-il inquiet que je tente de m'échapper, ou des travailleurs en bas ?

« Et si on te nettoyait dans un bon bain chaud et qu'on te lisait une histoire avant de te coucher ? »

Nova fronce le nez. Elle n'aime pas ma suggestion. Je suppose que c'est la partie impliquant d'aller au lit. Je ne connais aucun enfant qui aime l'heure du coucher.

En tant qu'adulte, j'ai hâte de m'écrouler pour la nuit.

« Viens. Je te laisse choisir deux livres ce soir. »

Le sourire s'élargit sur son visage alors qu'elle me suit dans sa salle de bain.

Il y a déjà une serviette fraîche étalée, et je tire l'eau de son bain pendant qu'elle se déshabille pour moi sans aucune aide.

Lui donner un bain est une priorité. Je n'avais pas réalisé à quel point ses vêtements empestaient la fumée, mais en les prenant pour les jeter dans le panier à linge, j'en ai une bouffée supplémentaire et je me racle la gorge, en essayant de ne pas tousser.

Ma gorge est desséchée et râpeuse.

Elle joue avec son canard en caoutchouc dans la baignoire pendant que je lui lave les cheveux et la rend propre et nette.

Je veux encore trouver la bague qu'elle a volée avant qu'elle oublie où elle l'a cachée.

Elle finit son bain, je la sèche et l'aide à mettre son pyjama. « Tu te souviens de la bague que tu as empruntée à ton papa ? » Je demande.

Je ne veux pas l'accuser de vol, mais elle avait l'air extrêmement coupable tout à l'heure quand on en a parlé.

Elle fronce les lèvres mais ne répond pas verbalement.

Non pas que je m'attende à ce qu'elle me dise où il est.

Mais elle tourne la tête et son regard se porte sur sa girafe en peluche. Elle tripote le derrière de la girafe, le tapote et tire sur le rabat. Il y a un compartiment secret dans son jouet.

Nova révèle la bague en diamant étincelante.

Je tends la main pour qu'elle la place dans ma paume.

Elle est d'abord hésitante, puis elle dépose la bague dans ma main et se glisse sans mot dire sous les couvertures du lit.

« Merci. » J'embrasse sa joue et je place la bague à mon doigt pour ne pas la perdre. Je ne me pardonnerais jamais si quelque chose devait arriver au groupe, et je sais que Moreno ne le ferait pas non plus.

Je lui lis deux histoires pour s'endormir comme promis avant de la border et de me glisser hors de sa chambre. Je ferme la porte adjacente sur la majeure partie du chemin. Si elle a besoin de moi, j'espère qu'elle viendra me trouver pendant la nuit.

Jusqu'à présent, elle a bien dormi, mais après l'incendie d'aujourd'hui, je ne peux m'empêcher de m'inquiéter pour elle.

Je me douche, me débarrassant de l'odeur de fumée qui imprègne ma peau. Je peux la sentir sur mes vêtements sales et je jette le linge dans le panier à linge.

J'enfile un t-shirt trop grand et une culotte et je me glisse sous les couvertures avec mon eReader. Je suis fatiguée, et je ne suis pas sûre de pouvoir lire ne serait-ce que quelques pages, mais je ne suis pas encore prête à m'endormir.

Le soleil est toujours là.

Il se couche tard en été, et même si les rideaux de la chambre aident, il y a toujours de la lumière qui passe à travers les stores.

Mon téléphone vibre d'un texto sur la table de chevet.

J'attrape l'appareil. Il n'y a pas beaucoup de gens qui ont mon numéro.

Hey, c'est Ariella. Comment va le grand patron grincheux ?

Je souris et ne peux m'empêcher de rire. Je ne lui ai jamais dit qu'il était grincheux ou qu'il avait un problème, mais c'est comme si elle pouvait lire dans mes pensées. Elle a connu Nova avant le décès de sa mère, alors peut-être qu'il a toujours été aussi difficile à vivre. J'avais supposé que c'était à cause de la mort de sa femme, mais je ne le connaissais pas avant son décès.

Il est épuisant.

J'en suis sûr. Tu veux venir ce week-end pour une journée entre filles ? J'ai du vin.

Ça semble parfait, mais est-ce que Moreno me donnerait un jour de congé ?

Je ne suis pas sûre de pouvoir m'échapper, mais je vais essayer.

S'échapper ? Quoi, tu es captive ?

Je commence à taper oui mais je l'efface rapidement. Je n'ai pas besoin qu'elle appelle la police et rende ma situation encore plus compliquée.

Très drôle. Je vous ferai savoir si je peux m'échapper.

Ok. Profite de ton vendredi soir !

Je ris dans mon souffle. Oui, je profite de mon vendredi enfermé dans ma chambre avec un enfant de 4 ans dans la pièce d'à côté.

Elle m'envoie son adresse par SMS, juste au cas où. Reposant le téléphone sur la table de chevet, je me plonge dans mon livre.

Deux minutes à peine après le début de mon histoire, la porte voisine s'ouvre en grinçant.

« Nova ? » Je jette un coup d'œil à la porte pour trouver Moreno debout, me fixant à nouveau.

A-t-il l'intention de prendre l'habitude de venir dans ma chambre à l'improviste ?

Je pose ma tablette sur le lit et je le regarde fixement.

Il porte un jean et un t-shirt noir. Ses cheveux sont un peu ébouriffés. On dirait qu'il a aidé aux réparations dans la salle de jeux. Il y a de la peinture séchée sur son jean et une tache sur son bras et sa joue.

« Nova est descendue se coucher sans problème. » Je ne peux qu'imaginer qu'il est venu dans ma chambre pour parler de sa fille.

Après la journée que nous avons passée, je ne lui en veux pas de vouloir prendre de ses nouvelles, surtout qu'il a semblé inexistant pendant l'après-midi.

« C'est bien. Et j'ai vu que tu l'as baignée. » Il prend place au bord de mon lit.

« Ouais, on sentait tous les deux un peu mauvais après l'incendie », je dis.

Moreno sent bon, même avec la sueur, la saleté et la fumée qui persistent sur sa peau. Il ne devrait probablement pas être assis sur mon lit en ce moment, ou pas du tout, mais je m'en fiche.

J'aime son attention et sa compagnie. J'essaie de ne pas le fixer trop longtemps avant de détourner mon regard.

« Écoute, je me demandais si je pouvais avoir ma journée de demain. J'aimerais aller... »

« Non. » La réponse de Moreno est courte et sèche. « Je te l'ai dit, tu ne vas nulle part. »

Je fais glisser la bague de mon doigt et je tends l'anneau de diamants à Moreno. « J'ai trouvé la bague de ta femme. »

Il rit sombrement et secoue la tête. « J'espérais avoir tort à ton sujet. A propos de ça », dit-il, en arrachant le petit bijou de ma paume. « Mais apparemment, je n'avais pas tort. »

Moreno se lève. « Vous me décevez. »

« Je ne suis pas ta fille ou un gamin que tu peux commander. »

« Non, tu es mon employée, la nounou de mon enfant », dit-il avec un tel dégoût qu'il me retourne l'estomac.

Pense-t-il qu'il est meilleur que moi ? C'est en tout cas ce qu'il fait, le nez en l'air et avec ce sourire suffisant sur le visage.

J'ai envie de l'effacer. Lui prouver que je suis plus qu'une simple nounou.

Il se dirige vers la porte adjacente. Même s'il voulait s'échapper par la porte de ma chambre, je ne pense pas qu'il le pourrait. Elle est probablement toujours fermée de l'extérieur par les gardes.

« Je suis une meilleure nounou pour votre fille que vous n'êtes un père », marmonne-je sur son chemin.

Moreno s'arrête net dans sa course.

Merde.

Il m'a entendu

22

MORENO

CE N'EST PAS SUFFISANT que Paige ose me voler et porter la bague de Serene à son doigt comme si elle était ma fiancée, mais qu'elle ose dire qu'elle est un meilleur parent que moi pour ma fille ?

Quel culot elle a !

Enfin, techniquement, elle n'a pas utilisé le mot parent, mais c'est la même différence.

Je ne peux pas laisser passer ça.

Je devrais partir. La laisser seule et m'enterrer dans le travail.

Même le sommeil serait une distraction bienvenue.

Mais mes pieds me ramènent en arrière. Peut-être que c'est mon cœur qui interfère. Ma tête est certainement au bon endroit, me criant de sortir avant de faire quelque chose que je regretterai.

« Excusez-moi ? » Je fais deux enjambées. Mes pas ne sont pas doux et silencieux.

J'espère ne pas réveiller Nova de son sommeil, mais je ne peux pas être plus silencieux que je ne le suis déjà. C'est ce que je fais.

Ma voix est forte et je grogne contre Paige.

Ses yeux s'écarquillent, et elle ferme ses lèvres.

Ouais, elle pensait que je ne l'avais pas entendue. Eh bien, je l'ai fait. « Tu veux bien me redire ça en face ? »

C'est un défi.

Elle presse ses lèvres ensemble, les faisant rouler entre ses dents.

Mon regard s'attarde plus longtemps qu'il ne devrait sur ses lèvres, mais elle ne dit rien si elle le remarque.

« Je prendrai ma journée de demain », dit Paige.

Bonté divine, cette fille ne comprend-elle pas qu'il ne faut pas quitter l'enceinte ? « Tu ne partiras pas tant que je ne l'autorise pas. »

« Excusez-moi ? » elle souffle et se redresse dans le lit, poussant ses jambes sur le bord. « Je ne suis pas une fille que tu peux enfermer et garder captive. »

Est-ce qu'elle réalise que je la garde ici pour la protéger ?

Vance va venir la chercher. Et quand il la trouvera, il la torturera, la violera, et la tuera. C'est un jeu pour voir ce qu'il peut faire pour détruire ma famille et combien de temps nous survivrons.

Elle ne comprend pas.

Comment pourrait-elle ? Je n'ai pas vraiment été ouverte et honnête avec elle au sujet de la mort de Serene ou de Laura, notre dernière nounou.

« Tu crois honnêtement que je te garde ici pour mon plaisir ? » Je ris de l'absurdité de sa suggestion. « Tu es la nounou de Nova, et je dois aller quelque part demain. Ce qui signifie que vous serez ici, à surveiller ma fille. »

Ses sourcils se froncent.

Les rouages doivent être en train de tourner dans sa tête.

« Alors tu n'auras pas de problème si je l'emmène avec moi pour la journée ? »

Je jette mes mains en l'air. « Tu ne peux vraiment pas écouter ? Tu ne pars pas. Nova ne part pas. Si tu mets ne serait-ce qu'un pied dehors, je demanderai aux gardes de te retenir et de te séquestrer dans ta chambre pour le mois à venir », m'emporte-je.

Elle met ma patience à rude épreuve.

« On ne peut aller nulle part ? » Paige demande. Sa mâchoire est pratiquement sur le sol.

« Je vous ferai savoir quand vous pourrez faire une sortie, et vous devrez amener un des gardes avec vous. »

« Super, un espion », dit-elle dans son souffle.

Elle n'a pas tort. Leone a été informé de signaler tout ce qui est important, et après sa rencontre avec Ariella, je n'ai pas l'intention de lui dire d'arrêter. « Vous devriez surveiller votre ton et votre langue. »

Paige me semble être une fille qui a probablement eu beaucoup d'ennuis pendant son adolescence, testant les limites, poussant ses parents à leur point de rupture.

Je ne peux qu'espérer que Nova ne sera pas comme ça quand elle sera plus grande. Mais avec Paige comme nounou, est-ce inévitable ?

« Tu as fini ? » demande Paige en prenant son eReader. « J'aimerais retourner à mon livre. »

« Je te dirai quand nous aurons fini. » Je m'approche, attrape sa tablette et la jette plus loin sur le grand lit, hors de sa portée.

Elle ouvre la bouche pour objecter. Un froncement de sourcils traverse ses traits quand je me penche et vole un baiser en même temps que son souffle.

Je n'ai jamais connu Paige pour être silencieuse, jamais.

Je devrais peut-être suivre le conseil de Dante, baisser ma garde et céder à la tentation. Elle est fougueuse, et la tension entre nous grésille dans l'air.

Même si j'aimais Serene, l'énergie entre nous n'a jamais été aussi forte. La tentation est impossible à ignorer, surtout le gémissement qu'elle émet du fond de sa gorge pendant que nous nous embrassons.

Merde.

Elle sait comment me rendre impuissant.

Un baiser, et je suis prêt à tout lui donner.

Même sa liberté.

Mais je ne peux pas céder.

Je ne le ferai pas.

Sa sécurité est ma priorité, et si je la laisse partir, elle ne verra peut-être plus jamais le soleil se lever. Je me retire du baiser, mes lèvres picotent, et mon cœur bat la chamade contre ma cage thoracique.

Paige se penche pour un autre baiser.

Mais je me retire pour l'arrêter.

23

PAIGE

IL Y A DEUX MINUTES, on se disputait parce qu'il ne me laissait pas partir, et encore moins emmener Nova hors de la propriété, et puis il a décidé de m'embrasser.

Je devrais être en colère contre lui, mais le baiser a fait tomber mes défenses.

Je veux plus.

Mes doigts s'accrochent à sa chemise, le tirant vers le bas sur moi alors que je désire un autre baiser brûlant avec mon patron.

Cette petite voix agaçante dans ma tête me rappelle que c'est un mauvais garçon.

Des ennuis.

Le pire choix que je puisse faire, la plus grosse erreur de ma vie.

Il n'y a qu'un seul moyen de faire taire cette voix.

Et c'est avec un autre baiser.

Les draps de lit s'entassent entre nous pendant que nous nous embrassons, et je soulève mes hanches assez longtemps pour pousser les draps vers le bas avec mes genoux. J'ai chaud et je transpire entre ses baisers et les couvertures, et c'est trop.

Mais je ne veux pas repousser Moreno.

Je veux plus de lui.

Je veux plus avec lui.

Bien que je sache que je devrais arrêter, je ne peux pas. Mes doigts glissent sous son t-shirt noir, et je passe mes paumes contre sa peau.

Un baiser mène à deux.

Nous sommes emmêlés l'un à l'autre, les draps entre mes jambes tandis qu'il coince mes bras au-dessus de ma tête d'une main.

Ses doigts effleurent mon ventre, les coussinets de ses doigts sont doux et taquins alors qu'ils dansent sur mon t-shirt.

Je me sens partiellement nue avec seulement un t-shirt et une culotte, mais je m'en moque.

Sera-t-il surpris et heureux de découvrir le string en dentelle violette ? Je l'ai porté pour lui.

Non pas que je n'aie jamais pensé qu'il le verrait sur moi, mais je l'ai enfilé, excitée par le fantasme qu'il puisse le voir.

« Qu'est-ce que tu veux ? » Moreno demande, en me regardant fixement.

Il a toujours mes bras coincés contre le matelas, plaqués au-dessus de ma tête.

Ma poitrine se soulève et s'abaisse avec chaque souffle d'air et chaque respiration que je prends.

« ToI », je murmure en le regardant, déjà haletante.

La dernière chose que je veux, c'est qu'il s'arrête ou qu'il se retire et laisse les choses inachevées entre nous.

Moreno se penche pour un autre baiser fougueux, sa langue dépassant mes lèvres et pénétrant dans ma bouche.

Il sait comment embrasser une femme, vraiment l'embrasser.

Heureusement, je suis déjà allongée dans le lit, sinon je tomberais par terre, les genoux faibles.

Mon dos se cambre sur le matelas pendant qu'on s'embrasse. Je veux le sentir serré contre moi. J'ai besoin de son contact.

J'enroule mes jambes autour de lui, le tirant vers moi en gémissant.

Son poids m'écrase de la meilleure façon possible, me faisant sentir en sécurité.

Moreno grogne puis se retire, ses mains relâchent leur emprise sur moi, il me lâche et descend du lit.

Je ne sais pas ce qui s'est passé. Ai-je fait quelque chose de mal ? « Moreno ? »

« Ne fais pas ça », il a claqué des doigts. « Tu ne peux pas utiliser le sexe pour réparer ce que tu as fait. » Il ajuste son pantalon et dépoussière sa chemise, comme si cela allait effacer les dernières minutes et les sentiments qui vont avec.

« Je n'utilise pas... »

« Je ne veux pas l'entendre », dit Moreno. « Tu as volé la bague de Serene. » Il s'énerve en repassant par la porte adjacente et en sortant de la chambre de Nova.

« Merde », je gémis dans mon souffle et j'attrape l'oreiller à côté de moi, me couvrant le visage avec alors que je hurle de frustration...

———

Moreno a une façon de m'éviter.

Après ce qui s'est passé dans ma chambre il y a une semaine, je ne l'ai pas vu plus d'une minute ou deux.

Il fait tout ce qu'il peut pour rester loin de moi.

Et d'habitude, c'est normal. Ce n'est pas comme si j'avais déjà eu envie de traîner avec mon patron. Mais Moreno n'est pas n'importe quel patron.

Être en sa présence me donne des papillons dans l'estomac. Cependant, je ne suis pas sûr si c'est par peur ou par désir.

Ça pourrait être les deux.

Il ne fait aucun doute que c'est un homme puissant, et ce niveau de confiance et de contrôle qu'il dégage, je le trouve exaltant. Il est différent de tous ceux que j'ai connus.

Est-ce que je pourrai un jour en savoir plus sur lui ?

Nikki pourrait me donner quelques détails si je peux la coincer, mais je veux l'entendre de lui.

Je veux lui parler. Je sens que je dois expliquer pour la bague de Serene, mais je ne peux pas sans trahir Nova.

La fille n'a-t-elle pas déjà assez souffert ?

La porte de la chambre de Nova s'ouvre en grinçant, et je sais que Moreno surveille sa fille tous les soirs, mais il ne vient plus dans ma chambre.

C'est probablement mieux comme ça.

Du moins, c'est ce que je me dis. Mais je ne suis pas heureuse de sa décision. Je veux apprendre à le connaître.

Pour une raison folle, j'aime être près de lui. Honnêtement, je ne sais pas pourquoi. Ce que nous avons est loin d'être de l'amour. C'est de l'attraction. Du désir. De la luxure. Peut-être une alchimie. Je ne suis pas convaincue que ce soit plus que physique.

Et bien que je ne me jetterais pas normalement dans une relation avec un homme pour qui je travaille et avec qui je vis, je ne peux pas m'en empêcher non plus.

Le chercher, c'est comme un tour de manège au parc d'attractions.

J'ai besoin d'un regard de sa part, un regard long et dur.

Ce serait aussi bien s'il ne me détestait pas dans le processus.

Il est tard, et Nova est profondément endormie.

J'attends que Moreno aille la voir dans son lit avant de le coincer, de me faufiler discrètement hors du lit et d'entrer dans la chambre de Nova.

Moreno n'a même pas levé les yeux vers moi. Il sent ma présence, pourtant. Ou peut-être qu'il m'a entendu entrer. J'ai essayé d'être silencieux, mais le plancher grince.

« Retourne au lit », murmure-t-il durement vers moi.

Je ne l'écoute pas.

Moreno me montre du doigt la porte de la chambre ouverte pour que je retourne dans ma chambre.

Il veut peut-être que je l'écoute, mais je n'ai pas l'intention de retourner dans ma chambre seule. Au lieu de cela, je croise mes bras sur ma poitrine.

Vu l'entêtement dont il a fait preuve toute la semaine, c'est mon tour.

La chambre de Nova est sombre, à l'exception de la veilleuse.

Il a l'air épuisé et fatigué. C'est le travail qui le préoccupe ou quelque chose d'autre ?

Moi ?

Non, je n'ai pas beaucoup de pouvoir.

Comme je ne cède pas, il finit par céder et me fait signe de le suivre dans ma chambre.

C'est bien. Nous pouvons enfin parler, mettre les choses à plat. Peut-être que je peux le convaincre de me laisser emmener Nova hors de la propriété pour un après-midi.

Il me tend la main, j'entre dans ma chambre et me retourne, mais la porte adjacente se referme sur mon talon.

Salaud !

24

MORENO

JE N'ARRIVE PAS à dormir. Je ne facilite pas forcément le sommeil des autres occupants de la maison non plus.

Nova, heureusement, a un sommeil profond.

Mais après avoir claqué la porte derrière Paige, j'ai besoin d'espace et, plus important, de temps.

Du temps pour trouver ce que je vais bien pouvoir faire.

« On sort », dit Dante en sortant de sa chambre.

« Quoi ? » Je ne me souviens pas de la dernière fois que nous sommes sortis tous les deux pour le plaisir et non pour le travail. Depuis qu'il est lié à Nikki, le fêtard qui couche avec toutes les filles qui ont un pouls a été apprivoisé.

C'est un spectacle rare à voir et je suis heureuse pour lui.

Dante mérite Nikki. Elle n'était certainement pas une prise facile.

Il me prend par le bras et m'entraîne dans les escaliers, loin de la chambre de Nova et, plus important encore, de celle de Paige.

« Il est clair que tu as besoin d'une nuit dehors, loin de tout ce qui se passe entre vous deux. » Dante est habituellement plus direct.

J'anticipe qu'il me demandera des nouvelles de Paige quand nous serons hors de la maison, ce qui est bien. Je ne veux pas qu'elle entende notre conversation. Non pas que j'aie découvert qu'elle écoutait aux portes, ce n'est pas le cas. C'est juste la bague, le fait qu'elle l'ait volée, que je n'arrive pas à oublier.

Comment pourrais-je ?

Mais je ne peux pas me confier à Dante, ou il lui bottera le cul.

Pourquoi est-ce que je veux la protéger ?

« Et pour Nikki ? »

« Je n'ai pas besoin de sa permission », dit Dante en souriant. « Elle est sortie ce soir avec ses amis. »

Je rigole dans mon souffle. La suggestion de Dante de sortir avec nous, c'est pour lui ou pour moi ? « Et les enfants ? »

« La nounou est ici, non ? »

Je fais un faible signe de tête.

« Ne m'oblige pas à t'ordonner de sortir avec moi et de t'amuser. » Dante m'a donné une tape dans le dos et m'a poussé à le suivre vers la sortie.

Il ferait ça pour insister pour que je le rejoigne ce soir. « Pas besoin d'ordres, patron.”

––––––––

"Tu ne peux pas me dire qu'aucune des filles ici n'est attirante », dit Dante.

Je jure qu'il essaie de me faire coucher.

Nous sommes dans le salon VIP du bar qu'il possède. C'est un peu miteux à mon goût. Le barman a apporté une bouteille de whisky pour Dante. Ils connaissent ses préférences. C'est un des avantages d'être propriétaire de l'établissement.

Elle apporte deux verres vides avec la bouteille et un soda sur le côté pour moi. Je ne comprends pas pourquoi elle m'apporte un verre de whisky vide, mais ce soir, je vais peut-être me laisser tenter par l'alcool.

N'importe quoi pour éviter de me sentir... quoi, exactement ?

La dernière fois que j'étais ici, c'était quand j'ai interviewé Paige.

Dante se sert un verre de whisky, et je lui fais signe de m'en servir un aussi.

Il commande toujours du haut de gamme.

« Qui a dit que cette bouteille était pour toi ? » Dante rit et me verse un verre. « Elle doit être en train de t'atteindre. »

Je prends le verre sur la table et je le regarde. « Qui ? »

Dante attrape son propre verre et fait tinter nos verres ensemble comme si on portait un toast. « La nouvelle nounou. Elle est sexy. Je dois admettre que si vous l'avez engagée pour son physique, je ne vous en voudrais pas. Elle a un beau cul quand elle marche. Bon sang, même Nikki pense qu'elle est sexy. »

« Elle n'a pas dit ça. » Je ne le crois pas.

Il hausse les épaules et sirote son whisky, sans admettre si ce que Nikki a dit est vrai ou non.

Il n'a pas tort, cependant. Paige est tout à fait un fantasme pour moi, et je me déteste pour ce qu'elle me fait ressentir. Ce serait plus facile d'être engourdi à l'intérieur, comme avant de la rencontrer, après la mort de ma femme.

« Allez-vous me dire ce qui s'est passé entre vous deux ? » Dante demande, mais j'ai la nette impression qu'il ne demande pas vraiment. Il attend que je lui explique pourquoi il y a tant de tension et d'évitement ces derniers temps.

J'ai fait tout ce que je pouvais pour ne pas passer plus de deux minutes avec Paige la semaine dernière.

« Rien. »

« Et le feu ? » Dante demande, en inclinant la tête, en me regardant fixement.

J'ai pensé à ça, à faire passer Nova en premier, et à m'assurer qu'elle ne s'attire pas d'ennuis.

« Je suis désolé pour les dégâts... »

Dante agite sa main dédaigneusement. « On a dépassé ça, Moreno. Luca n'aurait jamais dû ramener un briquet du camp, et encore moins le laisser dans la salle de jeux pour que Nova le découvre. Je te demande à propos de Paige. »

Il a toujours été direct avec moi. Nous l'avons été tous les deux, mais cette fois, je n'ai pas envie de lui parler de Paige.

Quand je prends une autre gorgée de whisky et que je grimace, il rit et porte son verre à ses lèvres.

« Wow. Tu préfères boire que parler. Ok. » Il descend son verre de whisky et se sert un deuxième verre.

Je préférerais siroter mon verre, mais soit je parle, soit je me colle quelque chose contre la bouche pour ne pas avoir à parler, ce qui veut dire boire du whisky.

Je descends le verre et le remplis rapidement.

Peut-être que ça fera sortir mes lèvres et couler l'inévitable navire. Ça pourrait aussi bien être la putain de Titanic.

« Laissez-moi deviner. Vous avez couché ensemble, et elle le regrette. » Dante se jette sur le nuage qui me surplombe.

Il a tort.

Je devrais peut-être le laisser croire que c'est pour ça que je suis énervé, mais je ne l'ai pas baisée. Bien sûr, on s'est embrassé. Je voulais me battre avec elle sur le lit et lui montrer ce que c'est que d'être entièrement dévoré par une seule personne, mais ce n'est rien de plus qu'un fantasme éphémère.

"Je ne l'ai pas vue nue. »

Dante s'ébroue.

« Ça ne veut pas dire que tu ne peux pas la faire crier le grand 'o' même si elle est encore habillée. »

Je roule les yeux devant sa grossièreté. « Elle m'a volé. »

Putain.

Je n'allais pas lui dire.

Je m'étais juré que ce secret resterait entre Paige et moi. J'attrape la bouteille de whisky et me verse un deuxième verre.

Je suis déjà en train de dévoiler tous mes secrets, et je n'ai presque rien bu.

Dante avait l'habitude de plaisanter en disant que j'étais le pire mafieux, celui qui déteste l'alcool. Ce n'est pas que je déteste le goût ou l'effet qu'il a sur moi.

La vérité est que je déteste ce que ça a fait à mon vieux, comment ça l'a transformé en monstre. Et je ne veux pas devenir ce type, celui qui bat sa femme et son enfant.

J'avais juré de ne jamais le devenir, mais je suis là, à boire du whisky comme mon père.

Je l'ai évité toute ma vie comme la peste, mais je sais qu'une nuit ne me transformera pas en lui. Bien que cela n'atténue pas le choc, je remplis à nouveau mon verre et avale le liquide ambré en racontant mes pensées à Dante.

« J'ai surpris Paige portant l'alliance de Serene. »

La bouche de Dante est suspendue ouverte.

Je ris sombrement et termine mon troisième verre de whisky avant d'en verser un quatrième.

« Je t'ai rendu sans voix », dis-je.

Dante tient son verre dans sa main et fait tournoyer le whisky pendant un moment. « Il doit y avoir plus à l'histoire. »

Il n'a pas tort. Quand est-ce que Dante a tort ?

Je ne veux pas avouer que je suis allé chercher la bague qu'elle devait porter à la séance de thérapie. Dante ne sait pas que Paige m'a accompagnée en se faisant passer pour la mère de Nova.

Quand est-ce que j'ai foutu ma vie en l'air ?

Je lui donne la version condensée et le regarde fixement, attendant d'entendre ce qu'il a à dire.

Il est calme. Je n'ai jamais connu Dante silencieux.

Merde.

Est-ce que je l'ai rendu muet deux fois ?

« Je pense toujours qu'il y a plus à l'histoire. Pourquoi Paige aurait-elle fouillé votre commode et volé la bague ? » Dante demande. « Elle devait savoir qu'elle se ferait prendre. »

« Pourquoi quelqu'un volerait-il quelque chose ? » Je jette mes bras en l'air.

Dante se tape sur les doigts à chaque réponse qu'il donne. « L'argent. L'attention. Le frisson de se faire prendre. »

Je ne crois pas que ce soit la raison pour laquelle Paige a volé la bague. « Non. » Je ne peux pas oublier le fait qu'elle la portait quand je l'ai vue au lit.

« Elle pourrait juste être obsédée par toi et vouloir t'épouser. »

Je ne trouve pas son humour très drôle en ce moment.

« Tu veux ma suggestion ou pas ? » Dante demande.

« Je préfère me vautrer dans ma misère. » Je verse un autre verre de whisky, et Dante s'empare de la bouteille, m'empêchant d'en boire plus.

« Tu as assez bu, et je suis fatigué de te voir te morfondre. C'est une belle femme, et même si je n'aime pas les voleurs, il est difficile de comprendre qu'elle ait volé la bague pour la mettre en gage lorsqu'elle a été surprise en train de la porter. » Il fait claquer ses doigts comme si une idée venait de lui venir.

« Quoi ? » Je ne suis pas sûr d'être prêt à entendre ce qu'il est sur le point de suggérer.

« Paige a probablement le béguin pour toi et est allée fouiner. Peut-être qu'elle est tombée sur la bague, l'a glissée pour faire semblant d'être mariée avec toi, et n'a pas pu l'enlever ? »

« Tu regardes trop la télévision », je murmure. Ce n'est pas possible que ce soit ce qui s'est passé. Ça ne ressemble pas du tout à quelque chose que Paige ferait.

En plus, elle l'a enlevé et me l'a donné. Il n'avait pas l'air coincé. Bien que je ne connaisse pas très bien Paige, tout est possible, je suppose.

« On m'a attribué le mérite d'avoir une imagination débordante », dit Dante en me corrigeant. « Nikki ne se plaint pas. »

« Comment vont les choses entre vous et Nikki ? » Je demande, pour détourner la conversation de mon manque de vie amoureuse.

« Bien. Je n'ai jamais été aussi bien. Le sexe, je te le dis, Moreno, c'est de la dynamite. » Les yeux de Dante s'illuminent, et le sourire s'élargit sur son visage.

Il semble excité de parler de Nikki et de leur vie sexuelle.

J'ai envie de me noyer derrière le bar.

Ça ne veut pas dire que je ne suis pas heureux pour lui. Je suis en extase. C'était un misérable bâtard avant de rencontrer Nikki. Chassant n'importe quel morceau de cul qu'il pouvait mettre dans son lit.

Nikki a fait de l'homme le plus mortel et le plus rusé un père.

Et il l'a transformée en femme.

Une petite crise de jalousie me traverse.

C'est ce que je veux.

Le même niveau d'engagement, d'affection indéfectible et de désir. Il y a de l'amour entre eux, mais c'est la passion qui est insurmontable.

Est-ce que j'avais ça avec Serene ? J'étais follement amoureux d'elle, mais nous n'étions pas parfaits.

« Tu es calme. Trop calme », dit Dante.

« Tu as peut-être raison, et il est temps que je passe à autre chose », je dis.

Serene est partie depuis un an. Se complaire dans le chagrin et la pitié n'a aidé ni ma fille ni moi.

Dante jette un coup d'œil au bar. « Il y a quelques filles au bar. Tu veux que je sois ton ailier ? »

« Elles ont à peine l'air assez âgées pour boire. » Je ne suis pas du tout intéressé à sortir avec une fille qui vient de sortir de l'université. « Pas mon genre », je dis, en accentuant mon désintérêt.

« Je sais. Ton type est Paige, mais c'est la nounou de ta fille et une voleuse, d'après ce que tu m'as dit. »

Je regrette vraiment de lui avoir parlé de la bague.

Il n'y a personne dans ce bar qui ressemble de près ou de loin à Paige. Les filles ont toutes l'air jeunes et sont maquillées. Je jure que le barman et le videur devraient mieux vérifier les identités.

« Je l'ai dit il y a des semaines, et je vais le répéter. Baise juste la nounou. »

Je tousse, me raclant la gorge. Parfois Dante me choque encore. Ce n'est pas la première fois qu'il me fait cette suggestion, mais je ne vais pas baiser la nounou, peu importe à quel point j'ai envie de coucher avec elle.

« D'autres suggestions ? Que suggérerait Nikki ? »

« Tu veux que je sache ce que pense ma femme ? » Dante roule les yeux et rit. « On parie sur le moment où vous lui collerez au train. »

Je devrais être en colère contre Dante, mais je ne le suis pas. C'est plutôt amusant, vu qu'on vit tous sous le même toit. « C'est pour ça que tu veux que je la baise ? Tu as parié que ça se passerait à une certaine date ou quoi ? »

« J'ai parié avec Nikki que c'était déjà fait, et c'est pour ça qu'il y a tant de tension entre vous deux. Je n'avais pas réalisé que c'était une tension sexuelle non résolue », dit Dante.

« Eh bien, je déteste te le dire, mais Nikki a gagné. »

Dante a haussé faiblement les épaules. Il ne semble pas s'en soucier le moins du monde. Sa fierté n'est pas le moins du monde blessé.

« Qu'est-ce que tu as parié avec elle ? »

Est-ce que j'ai envie de savoir quel était l'enjeu de leur petit jeu ?

« Un massage, qui mène toujours au sexe avec mon petit chaton », dit Dante. « Ça semble être une situation gagnant-gagnant. »

C'était plus d'informations que j'avais besoin. « D'accord. » Je passe une main dans mes cheveux et regarde la porte. Quelques autres dames entrent dans le bar et rejoignent les filles pour prendre des boissons.

Elles ont l'air aussi jeunes que les autres femmes. Elles portent toutes des escarpins « baise-moi » ou des bottes lacées jusqu'aux genoux. Je ne devrais pas être excitée en ce moment.

Je me déteste.

Je n'en peux plus. Être ici me donne envie de rentrer chez moi.

Je fais tout ce qui est en mon pouvoir pour ne pas lui envoyer de SMS, l'appeler, exiger qu'elle obéisse à toutes les instructions que je lui donne en tant qu'employeur.

« Je veux Paige. » Les mots sortent comme un grognement. Je suis un lion en chasse, et le seul repas qui me satisfera, c'est *elle*.

« Je sais. »

Il ne sait pas.

Dante n'a aucune idée de l'attraction, du désir et de la frustration refoulée qui me déchirent de l'intérieur.

Je me lève, prêt à partir et à laisser de l'argent sur la table pour le pourboire. Dante comprend l'allusion et m'escorte jusqu'à sa voiture.

On ne peut pas savoir sans l'ombre d'un doute qu'elle me veut en retour. Je soupçonne qu'elle le fait, qu'elle est attirée par moi comme je le suis par elle, mais son désir d'être près de moi pourrait être strictement dû à ma fille.

Pour ce que j'en sais, ce soir, quand je lui ai claqué la porte au nez, elle voulait parler de Nova.

Elle ne voulait probablement pas parler de son attirance pour moi.

Eh bien, merde.

Qu'elle aille se faire foutre.

Elle va parler.

Je vais la faire tout me dire.

Ses désirs. Ses fantasmes. La dernière fois qu'elle s'est touchée. Je veux tout savoir, et je vais exiger qu'elle me raconte chaque détail cochon...

25

PAIGE

JE SUIS RÉVEILLÉ au milieu de la nuit par le clic d'une serrure sur la porte de la chambre.

J'ai toujours eu le sommeil léger, et être ici n'est pas différent. C'est surtout parce que je suis toujours à l'écoute de Nova.

La porte principale de ma chambre s'ouvre en grinçant, donc je sais que ce n'est pas Nova qui se faufile dans ma chambre.

« Moreno ? »

Je suis fatigué par le sommeil, et mes yeux distinguent sa silhouette alors qu'il s'approche de mon lit.

C'est lui, mais pourquoi vient-il ici au milieu de la nuit ?

« Tu me dois la vérité », dit Moreno.

N'est-ce pas ce que j'ai toujours fait ?

« Je ne t'ai jamais menti. » Eh bien, sauf sur Vance, mais il ne sait pas, il ne peut pas savoir.

« C'est un mensonge », dit-il et il rit sombrement. Plus il s'approche de mon lit, plus je sens l'alcool dans son haleine.

Je me redresse, tirant sur les draps qui m'entourent. Il ne me ferait jamais de mal. Je le sais, mais je ne suis pas non plus très à l'aise dans cette position. Je me sens vulnérable et à moitié habillée alors qu'il est encore tout habillé.

« Tu es ivre. » Ce n'est pas une accusation, mais c'est ce qui ressort.

« C'est difficile de ne pas l'être quand la nounou vole l'alliance de ma défunte épouse et la porte. »

La culpabilité m'envahit. Je veux m'excuser, mais comment le faire sans lui dire que c'est Nova qui a pris la bague ?

Elle a traversé tellement de choses, et je ne veux pas rendre les choses plus difficiles pour elle.

« Tu as récupéré la bague », dis-je avec toute la conviction dont je suis capable. « Pourquoi ça te dérange que je l'aie empruntée ? »

Il rit sombrement et se penche plus près de moi, en se moquant de moi.

« Empruntée ? Tu le portais ! Tu essaies de jouer au papa et à la maman ? Prétendre épouser le prince de la mafia et vivre heureuse pour toujours. »

« Le prince de la mafia ? » Mais de quoi il parle ? Il a perdu la tête ?

Attends.

Est-ce que ça veut dire qu'il travaille pour la mafia ?

Je pensais que Nikki était ex-mafia, mais que l'empire qu'ils dirigeaient était légitime et légal.

Merde.

Dans quoi me suis-je fourré ?

« Dante est le Don. Ce qui fait de lui le roi et de Nikki, la reine. Je suis le sous-patron, donc je suppose que ça fait de moi le prince. » Il fronce les sourcils en parlant, comme s'il réalisait qu'il en disait peut-être trop.

Je me déplace sur le matelas, me reculant pour m'éloigner de lui.

La sécurité est ma priorité.

Dans cette maison, je ne me sens plus en sécurité, surtout avec lui.

« Je te veux, Paige. » La chaleur de ses mots fait rugir un brasier à l'intérieur de moi, mais on ne peut pas. Avant, il était juste mon patron, et c'était bien trop compliqué.

Sachant qu'il fait aussi partie de la mafia, je devrais partir tant que je peux encore.

Pendant que je suis encore en vie.

« Vous ne voulez pas de moI », je dis. Si son attention est sur moi, alors il ne me laissera jamais partir, et je ne serai jamais libre.

Il se rapproche, se penche vers moi, ses mains de chaque côté de moi, me coinçant contre le matelas.

Son corps est chaud, et la chaleur rayonne de lui à moi. « Dis-moi que tu ne veux pas de moi, que tu n'as jamais pensé à moi de manière sexuelle, et je n'en parlerai plus jamais. »

Ce devrait être si facile de mentir, de lui dire qu'il ne représente rien d'autre pour moi qu'un patron.

Mais les mots ne viennent pas.

Pas avec son souffle qui plane et ses lèvres à portée de main.

Je veux l'embrasser, le goûter, le toucher, mais il n'est pas le moins du monde sobre, et je ne veux pas qu'il regrette quoi que ce soit entre nous.

« Tu es ivre », dis-je en le repoussant doucement, ma main ferme sur sa poitrine. « Va te coucher. Dans ton lit. » J'espère qu'il comprendra le message. Ce n'est pas que je lui dise non parce que je ne veux pas de lui. C'est juste que je ne veux pas que ce soit ce qu'il y a entre nous. Je ne suis pas une fille qu'il peut appeler quand il se sent seul ou qu'il est saoul.

Il grogne et s'écarte de mon lit.

Je ne peux pas dire si c'est le regard de rejet qui traverse ses traits ou quelque chose d'autre. De la colère ? De la rancœur ? De la frustration ?

Moreno est l'homme le plus difficile à lire. Il ne donne aucun indice. Il serait génial à une partie de poker.

Il sort en titubant de ma chambre sans un mot de plus, fermant la porte avec un bruit sourd excessif en sortant.

Je ne sais pas quoi faire de cette situation. Se souviendra-t-il seulement d'être venu me voir au milieu de la nuit ?

26

MORENO

J'AI ROYALEMENT MERDÉ.

J'ai la tête qui tourne d'une façon que je ne peux même pas expliquer. J'ai l'impression d'avoir été renversé par un bus, que quelqu'un m'a enlevé le cul du sol et m'a jeté sur le sol de ma chambre.

Merde.

Je n'ai même pas réussi à me mettre au lit. Mais d'une certaine manière, il y a un oreiller sur le sol avec moi.

Pas étonnant que ma tête me fasse mal. Chaque muscle me fait mal quand je me lève et m'étire. Mon estomac se retourne. Je devrais prendre de l'eau, des crackers, et quelques aspirines pour conjurer ma nuit d'ivresse.

Je ne sortirai plus jamais avec Dante.

Je me déshabille, je me douche, et même l'eau chaude ne m'aide pas à me détendre le moins du monde.

Ça n'aide pas que je sois allée dans la chambre de Paige la nuit dernière.

A moins que ce ne soit un rêve ?

C'était sûrement un rêve parce qu'elle ne m'a pas frappé ou dit qu'elle me détestait pour la façon dont je l'ai traitée.

Même la version rêvée de Paige est gentille. Merde.

Qu'ai-je fait pour mériter une once de gentillesse de sa part ?

Je me sèche, je m'habille et je sors dans le couloir.

« Bonjour », dit Dante et me regarde en sortant de sa chambre. Sa chemise blanche est déboutonnée, et il arrange son col. Il n'a pas l'air tout à fait prêt pour la journée, mais Nikki l'a viré de la salle de bain si je devais deviner.

Encore.

Je suis surpris qu'avec les rénovations de la salle de jeux et de la panic room, il n'ait pas installé une plus grande salle de bain.

« Tu as une tête d'enfer. » Dante me fait un sourire malicieux. « A quelle heure es-tu rentré dans ta chambre la nuit dernière ? »

« Quoi ? » Je me frotte la nuque, décontenancé par sa question. « Après le bar avec toi, peu importe l'heure, patron. »

Dante se dirige vers les escaliers, et je le suis. Il boutonne sa chemise en descendant.

« Vous et Paige avez eu une discussion tard dans la nuit. Je vous ai vu vous faufiler dans sa chambre quand nous sommes rentrés. Eh bien, se faufiler n'est pas exactement exact. Plutôt trébucher, ivre, et probablement réveiller les voisins. »

Et il n'a pas essayé de m'arrêter ?

« Merci d'avoir veillé sur moI », je murmure dans mon souffle.

On traverse le foyer, et il me tape dans le dos. « Quand tu veux », dit Dante.

« C'était un sarcasme. Je n'aurais pas dû aller dans sa chambre bourrée. » Est-ce qu'il a la moindre idée du gâchis que j'ai fait de la situation ? J'ai de la chance si elle veut encore travailler pour moi en tant que nounou de Nova.

On se dirige vers la cuisine.

« Je suppose que votre conversation ne s'est pas bien passée, en lui avouant vos sentiments pour elle ? » Dante demande. Il entre dans la cuisine en premier et me lance un regard d'excuse.

Paige et Nova prennent leur petit-déjeuner à la table haute.

Le sourire de Paige disparaît instantanément en me voyant. Elle se déplace sur son siège pour donner toute son attention à Nova.

Merde.

Ce n'était pas un rêve. « Bonjour », dis-je à Paige et Nova en passant devant elles et en me dirigeant vers la cafetière.

Je prends une tasse et en donne une à Dante pendant qu'il verse deux tasses de café, une pour chacun de nous.

« Tu devrais prendre un jour de congé », dit Dante. Il est un peu plus fort que je ne le voudrais, et je soupçonne furtivement que c'est pour que Paige l'entende.

Ou alors j'ai encore la gueule de bois et tout semble amplifié en intensité.

Cette possibilité est tout aussi probable.

Je prends deux aspirines dans l'armoire et les avale alors que le café brûlant m'oblige à grimacer de douleur. Une souffrance bien méritée.

Il se déplace, dos aux filles, tout en me fixant, la voix beaucoup plus calme. « Emmène les filles pour un pique-nique. Essaie d'établir une connexion avec Paige. »

« On dirait que je devrais rejoindre une de ces émissions de rencontres à la télévision. A-t-il une connexion avec Paige, ou va-t-elle lui briser le cœur ? » Je me moque.

« Je peux t'entendre », dit Paige.

Merde.

Ma voix de chuchotement est trop forte.

Je ravale ma fierté et me dirige vers la table avec Paige et Nova. « Que pensez-vous d'un pique-nique cet après-midi avec nous trois ? »

Ma question s'adresse plus à Nova, j'espère voir son enthousiasme à passer la journée avec moi. Je n'ai pas passé autant de temps que je l'aurais dû avec ma fille.

Nova ressemble tellement à Serene que c'en est étrange.

Cela rend le passage à autre chose impossible.

Nova jette un coup d'œil à Paige. Elle demande vraiment la permission à la nounou ?

Qu'ai-je fait, bon sang, en amenant Paige chez nous ?

Il ne fait aucun doute qu'elle est bien avec Nova, mais la petite fille est mon enfant, et leur lien - je ne peux m'empêcher de ressentir une pointe de jalousie devant la relation qu'elles partagent toutes les deux.

Paige sourit chaleureusement à Nova et cache toute trace d'agacement à mon égard. « Ça a l'air amusant. N'est-ce pas ? » dit-elle, son attention sur ma fille.

« Super. » Je sirote mon café et me dirige vers l'entrée de la cuisine.

« Peut-être qu'après, on pourra faire un tour au magasin de jouets », dit Paige.

« Magasin de jouets ? » Je tourne sur mon talon et me retourne pour lui faire face.

Ce genre de suggestion aurait dû être faite avec moi en privé, pas devant Nova. Si je dis non, je vais passer pour le méchant. A quel jeu joue Paige ?

« Ouais, tu sais l'endroit où il y a des animaux en peluche. » Paige ne fait pas attention à moi. Elle est entièrement concentrée sur Nova, et je vois pourquoi.

Ma petite fille est pratiquement en train de rebondir sur son siège. Comme si elle voulait parler, mais que quelque chose la retenait.

Je ne plaisante pas.

Je suis la raison pour laquelle elle a été réduite au silence.

Les enfants et la mafia ne se mélangent pas. Je ne sais pas comment Dante fait avec Nikki et Luca. J'envie sa vie, le fait qu'il puisse compartimenter son travail et sa vie de famille si facilement.

Il n'a peur de rien.

Le travail d'un patron de la mafia.

Protéger sa famille à tout prix.

Je n'envie pas le travail, le poids de la responsabilité qui repose entièrement sur ses épaules. Serene est morte parce que Vance voulait égaliser le score.

Vance est la vermine qui vend des femmes et des enfants, les trafique dans les petites villes, là où il n'y a pas beaucoup de flics et de visibilité.

Il dirige un réseau de trafic d'êtres humains, et bien que nous ayons mis un sérieux coup à son opération à Breckenridge, en massacrant ses hommes et la maison du Don, ils sont toujours là.

Pendant des années, ils ont quitté la ville, essayant probablement de garder un profil bas. Mais en voyant Vance au club que possède Dante, il ne fait aucun doute qu'il est de retour.

Vance ne se montre pas sans un plan. Je ne sais pas quel est ce plan, et c'est pourquoi je n'aime pas l'idée de laisser Nova aller au magasin de jouets.

C'est le genre d'endroit qui attire trop l'attention sur la situation. Tout endroit public met Paige et Nova en danger.

Il vaut mieux les garder enfermées dans la cabane du complexe. Ça les protège toutes les deux, mais je sais que Paige ne comprend pas, et ne le voit pas comme ça. Elle pense que je ne la punis en ne la laissant pas partir.

L'idée de Dante pour un pique-nique est dangereuse si on le fait en dehors de notre terrain. J'avais prévu de le faire dehors, en sécurité à l'intérieur des portes où les gardes peuvent assurer la sécurité de Paige et Nova.

« Qu'est-ce que tu en dis ? » Paige demande à nouveau, un sourire amical sur le visage. « Nous pouvons faire un pique-nique dans le parc et visiter le magasin de jouets de l'autre côté de la rue. C'est une courte promenade. »

Tout en moi me dit que c'est une mauvaise idée. Mais les yeux de Nova sont brillants et joyeux.

Cela fait trop longtemps que je n'ai pas vu un sourire effleurer ses traits. Je ne peux pas dire non à Nova.

Nous pouvons faire venir des gardes et des sécurités supplémentaires pour nous surveiller.

Je prends une longue gorgée de mon café. « C'est un rendez-vous."

27

PAIGE

JE NE PENSAIS PAS que Moreno serait d'accord pour un pique-nique, et encore moins pour emmener Nova au magasin de jouets après.

Avec Dante, son patron dans la pièce, peut-être qu'il ne pouvait pas dire non ? Surtout à l'idée du pique-nique, qui n'était pas prévu par Moreno.

Je ne lui en tiendrai pas rigueur. Au moins il était d'accord pour un après-midi en dehors de la cabane et loin des hommes en costumes.

La mafia.

Je frissonne, rien qu'en pensant à la nuit dernière et à sa confession.

Moreno est un prince de la mafia.

Était-il sérieux ou tellement ivre qu'il racontait n'importe quoi ?

Les deux semblent tout à fait plausibles, et même si je veux des réponses, je ne poserai pas ce genre de questions devant Nova. Elle est jeune et impressionnable, et je ne veux pas qu'elle ait peur de son père.

Dès que je l'ai rencontrée, j'ai eu l'impression que c'était le cas. Mais dernièrement, elle s'est adoucie autour de lui et vice versa.

Du moins d'après les petits et courts moments d'intimité que j'ai vus.

Moreno m'a évité pendant la semaine dernière. Jusqu'à la nuit dernière, quand il s'est faufilé dans ma chambre sans s'annoncer et a proclamé ses sentiments pour moi.

La tension entre nous est indéniable. Il se souvient de ce qui s'est passé la nuit dernière.

Je n'étais pas sûre qu'il le fasse.

Il cède à propos du magasin de jouets et du pique-nique avant de disparaître de la cuisine. Je ne l'ai jamais vu courir aussi vite pour s'éloigner de moi.

Eh bien, il ne peut pas m'éviter pour toujours.

———

« Je pensais que nous allions pique-niquer, juste tous les trois ? » J'insiste en jetant un coup d'œil dans le rétroviseur latéral.

Il y a un SUV noir qui nous suit avec trois gardes en costume.

Ils n'ont pas l'air le moins du monde discrets. Si Moreno veut attirer l'attention sur lui, il sait comment s'y prendre.

« Nous le faisons, mais je dois savoir que nous serons en sécurité quand nous serons en ville. » Il s'arrête devant les portes principales qui sont déjà ouvertes pour nous permettre de partir.

Je le regarde. « Pourquoi ne serions-nous pas en sécurité ? » J'attends qu'il me dise ce qu'il fait pour vivre, qu'il est un sous-patron de la mafia.

Mais l'air est épais, et je suis confronté au silence.

« Je veux juste protéger ma famille », dit Moreno.

Je comprends ça. Je comprends son inquiétude et sa peur. C'est compréhensible, surtout après le club et ensuite l'incendie. Cependant, le second a été entièrement causé par un accident. Mais ça ne le rend pas moins effrayant.

« Parce que tu es de la mafia », je chuchote, m'assurant que Moreno m'entende, mais avec la radio allumée, je doute que Nova puisse entendre un mot de la banquette arrière.

Elle est attachée dans son siège de voiture, inconsciente de la conversation qui commence entre nous.

Je lui jette un regard en arrière et lui offre un sourire chaleureux.

Nova fixe la fenêtre, regardant le paysage.

Inconsciente.

Bien.

« Où as-tu entendu ça ? » Moreno demande, le ton tranchant.

Il ne le nie pas.

Sa mâchoire est ferme et serrée. Il serre fort le volant alors que nous nous dirigeons sur la route de gravier vers l'artère principale.

« De toi. » Je serre les lèvres, me demandant si je dois lui rappeler ses mots, prince de la mafia.

Ses yeux clignotent. « Tu te trompes. »

Le déni.

Ok, on peut jouer à ce jeu à deux. « Tu as raison. Je dois me tromper. » Je me déplace sur le siège passager et me tourne légèrement pour le fixer.

Je ne le laisse pas s'en tirer aussi facilement avec ses mensonges.

« Tout comme tu n'es pas venu dans ma chambre hier soir pour avouer tes sentiments envers moi. Que tu me veux, et que tu es un prince de la mafia. »

Il déglutit, et je jure qu'il y a un filet de sueur qui brille sur son front.

« Il fait chaud ici ? » Il attrape le thermostat du véhicule et met la climatisation à fond.

Je ne me trompe pas.

Il me lance un regard en montant la climatisation. « Ne répète jamais ce que tu as dit, sauf si tu veux te faire tuer. »

Je pousse les bouches d'aération loin de moi. « C'est une menace ? »

Moreno me ferait-il du mal ?

Me tuer ?

J'ai été avec lui assez longtemps pour ne pas avoir peur de lui. Peut-être que je devrais. Je n'ai pas vu ce côté méchant en lui, mais si c'est un prince de la mafia, alors il a forcément du sang sur les mains.

« J'essaie de te protéger », dit Moreno avec un avertissement. « Si tu ne fais pas attention, tu finiras par faire confiance aux mauvais hommes, et ils te feront du mal. C'est pourquoi j'ai des gardes qui nous accompagnent hors de l'enceinte. »

Moreno se racle la gorge et s'empresse de changer de sujet. « Nous avons un autre rendez-vous avec le thérapeute ce vendredi. »

Super.

« Et tu t'attends à ce que je t'accompagne à nouveau en tant que femme ? » Je me frotte la nuque. Ça ne me convient pas du tout de mentir sur le fait d'être la mère de Nova.

Comment pouvons-nous aider Nova si nous mentons au thérapeute ?

« Je ne vois pas d'autre choix », dit Moreno. « Sauf si tu veux que je lui dise que tu es malade cette semaine ou que tu as une migraine. Mais tu devras venir au prochain rendez-vous après ça. »

Un rire s'échappe de mes lèvres devant l'absurdité de sa suggestion. « Ou vous pourriez essayer de lui dire la vérité. Ce n'est pas votre point fort, cependant. »

Il tressaille à ma remarque.

On dirait que j'ai touché un point sensible.

C'est bien. Peut-être qu'il va envisager de prendre mes commentaires au sérieux. Je ne veux pas voir Nova se faire avoir alors qu'elle pourrait obtenir l'aide dont elle a besoin.

Et il est clair pour moi, après l'avoir entendu fredonner une chanson et la remarque d'Ariella, que Nova avait l'habitude de parler, je ne peux que supposer que quelque chose de tragique est arrivé.

« C'est sa mère, n'est-ce pas ? »

« Quoi ? » Moreno me jette un coup d'œil alors que nous nous arrêtons au parc.

« La raison pour laquelle elle ne parle plus. Sa mère est morte et elle lui manque. »

Il éteint le moteur de la voiture. « Oui. » Il est un peu trop rapide pour répondre. Moreno sort de la voiture et ouvre la porte arrière. Il détache Nova et l'aide à sortir de son siège. Il attrape une couverture, et elle s'enfuit vers la salle de gym.

« Fais attention ! » Moreno crie à Nova.

Elle le repousse dédaigneusement.

J'essaie de ne pas rire. Le sourire est impossible à enlever de mon visage tandis que j'attrape le pique-nique sur la banquette arrière et que je suis Moreno sur l'herbe, sous un arbre pour l'ombre.

Nous sommes bien à portée de vue de Nova, avec une bonne vue de son jeu, et nous avons également trois gardes qui se répartissent, s'assurant que nous sommes en sécurité, ainsi que Nova.

C'était bizarre que Leone nous accompagne, Nova et moi, au parc quand j'ai rencontré Ariella, mais là, c'est encore plus gênant.

Bien que nous n'ayons pas d'intimité visuelle, aucun des gardes ne s'attarde sur nous. Nous pouvons parler entre nous sans que personne n'écoute aux portes.

Moreno étend la couverture pendant que je déballe notre repas et m'assois. Avec Nova qui joue et nous laisse un peu de temps seuls, c'est le moment ou jamais de l'interroger sur ses relations avec la mafia.

« Donc, tu es un prince de la mafia. »

Il lève les yeux vers moi, peu amusé. « Tu ne vas pas laisser tomber. »

« Eh bien, non. Honnêtement, je ne pense pas que je puisse. »

C'est une grosse boule qu'il a lâchée hier soir, en plus de me vouloir. Cependant, je ne suis pas sûre que ce soit l'alcool qui parle ou lui.

Est-ce qu'il veut toujours être avec moi ?

« Ça ne vient pas avec une couronne », dit Moreno. Il montre le haut de sa tête.

« C'est une blague ? » Je demande. Je ne rigole pas. Je prends une bouchée de l'un des sandwichs que nous avons apportés. En ce moment, je ferais volontiers n'importe quoi pour couper la tension qui se crée entre nous.

Je sais qu'il n'y a pas que moi. Il le ressent aussi, et le reconnaître, c'est presque trop.

« La mafia a une si mauvaise réputation. Nous ne sommes pas de mauvais gars. Enfin, la plupart d'entre nous », dit Moreno.

Je ne le crois pas. J'ai l'impression qu'il essaie de me convaincre de lui faire confiance parce que je vis avec lui, que je travaille pour lui, et qu'il n'y a pas d'issue.

Je ne sais pas pourquoi je le demande, mais les mots sortent plus vite que je ne le voulais. « Donc, vous n'avez jamais tué personne ?"

28

MORENO

QU'EST-CE qu'il y a avec Paige et ses vingt questions ?

Je dois prendre le contrôle de la conversation et l'éloigner de ce qui s'est passé hier soir. Ne pas en parler est la meilleure option.

Je n'aurais jamais dû aller dans sa chambre.

Avouer qu'on est un prince de la mafia. Putain, à quoi je pensais ?

Oh, c'est vrai ? Je ne pensais pas.

J'étais bourré et j'espérais que Paige admettrait qu'elle me voulait autant que je la voulais.

On est quoi, encore au lycée ?

Je prends ce que je veux.

Mais je ne vais pas la forcer.

« Eh bien, as-tu déjà tué quelqu'un ? » Paige me demande à nouveau quand je ne lui ai pas répondu assez vite. « Ou le silence est ton aveu de culpabilité ? » Elle incline légèrement la tête.

Je tends la main et passe une mèche de cheveux derrière son oreille, en la mettant en arrière.

Une partie de moi s'attend à ce qu'elle se retire ou tressaille.

Paige ne le fait pas.

Au lieu de cela, elle se penche et exhale un doux soupir. « Je suis vraiment désolé pour la bague. »

Je retire ma main et la pose à nouveau sur mes genoux. Si je me concentre sur le repas, au moins je ne dirai rien que je regrette. J'ouvre une bouteille d'eau et la porte à mes lèvres.

Peut-être que mon silence l'encouragera à élaborer, à parler, à expliquer pourquoi elle a jugé nécessaire de fouiller dans mes tiroirs et de voler la bague de ma défunte épouse.

Si je ne fais pas attention, je vais finir toute la bouteille d'eau avant de prendre une bouchée de mon sandwich.

« J'aimerais pouvoir tout t'expliquer pour que tu réalises que je ne suis pas un voleur. J'essaie juste de faire ce qu'il faut », dit-elle.

Mes yeux se rétrécissent et se crispent. Je ferme le couvercle de la bouteille d'eau.

« Tu vas dire quelque chose ? » demande Paige.

Au moins, la conversation ne porte plus sur le fait que je suis un prince de la mafia.

Je me concentre sur mon déjeuner, en prenant une bouchée, en souriant à travers des lèvres fermées, et je pointe du doigt ma bouche.

« Pratique », murmure-t-elle dans son souffle.

J'ouvre la bouteille d'eau et en prends une gorgée pendant qu'elle mange de petites bouchées de son sandwich. Ce n'est rien d'extraordinaire, mais je n'avais pas non plus prévu de faire un pique-nique avant que l'idée ne me soit lancée comme un ballon d'eau. Il n'y avait pas moyen de s'écarter du chemin de l'éclaboussement imminent.

« Je ne vois pas comment tu essaies de faire ce qu'il faut à moins que tu ne me l'expliques clairement », dis-je. Peut-être que si je précise que je n'ai aucune idée de la raison pour laquelle elle me volerait, elle s'expliquera. « C'est à cause d'Ariella ? »

C'est un coup de couteau dans le noir.

Ses sourcils se froncent. « Pourquoi pensez-vous cela ? » Paige prend une gorgée de son eau avant de revisser le couvercle de la bouteille.

« Il me semble qu'elle chercherait à me salir », je dis en haussant les épaules.

J'essaie de trouver une excuse raisonnable pour ce qu'elle a fait, mais je n'en trouve pas. Personne d'autre chez les Ricci ne me volerait. Personne n'est assez stupide pour me trahir.

Sauf Nova.

Moooh, j'en ai marre.

« Ça n'a rien à voir avec Ariella », dit Paige. Sa voix est douce et calme, et son regard est fixé sur le mien.

Mon estomac fait des sauts périlleux. Je ne peux pas prendre une autre bouchée et je remets le reste de mon repas non consommé dans le sac en plastique.

« Tu couvres Nova. »

Je suis un idiot de ne pas l'avoir vu plus tôt.

Je ne voulais pas le voir.

Le regard de Paige tombe sur ses genoux, elle défait le couvercle de son eau et le ramène à ses lèvres.

Silence.

« S'il te plaît, dis-moi que tu ne couvres pas ma fille. » Honnêtement, je ne sais pas ce qui est le pire : que Nova ait volé la bague de sa mère ou que Paige m'ait menti pour protéger ma fille.

« Tu voulais quelqu'un à blâmer », dit Paige en jetant un coup d'œil à la salle de gym.

Nova grimpe à l'échelle de corde, s'y accrochant pour atteindre le sommet.

Ma fille ne semble pas avoir peur. Impossible, vu tout ce qu'elle a traversé. C'est comme si elle canalisait son silence et son mutisme dans quelque chose d'autre.

De la bravoure ?

En quelques semaines, depuis que j'ai rencontré Paige, je ne reconnais même plus Nova.

Physiquement, bien sûr, c'est la même petite fille que celle qui est ma fille. Mais elle essaie de nouvelles choses, sort de sa coquille, ne se cache plus et ne m'évite plus.

Paige est bonne pour Nova.

« Je suis désolée d'avoir douté de toi et de t'avoir accusé de m'avoir volé. » Des excuses sont le moins que je puisse faire pour elle. J'ai de la chance qu'elle n'ait pas déjà démissionné.

Paige m'offre un sourire chaleureux. « Eh bien, je portais la bague. »

« Oui. » Je hoche lentement la tête. « Et pourquoi la portiez-vous ? »

« J'ai parlé avec Nova et je lui ai demandé de me remettre la bague. Une fois que je l'ai eue en ma possession, je ne voulais pas la perdre. J'avais prévu de te la rendre le lendemain matin lorsque je t'ai vu."

Son histoire semble plausible. « Vous n'aviez pas prévu que je vienne dans votre chambre. »

« Précisément. Je n'ai jamais voulu te faire de mal, et je sais que Nova a déjà traversé tellement de choses. Je ne voulais pas que ta colère soit dirigée contre elle. Nous avons parlé et elle ne volera plus rien. »

« Elle t'a parlé ? »

« Eh bien, non. » Paige pince les lèvres. « J'ai parlé avec elle, mais elle a compris que ce qu'elle a fait était mal. Maintenant que j'ai répondu à vos questions, je veux que vous répondiez aux miennes. Depuis combien de temps es-tu un prince de la mafia ? »

Je secoue la tête et remue le doigt vers elle. « Ce n'est pas comme ça que ça marche. »

Je ne réponds pas à ses questions.

« Pourquoi pas ? » Elle fait la moue.

Je ne sais pas si elle accentue son mécontentement ou si c'est naturel, mais c'est vraiment adorable.

Mon corps réagit, ma bite remue dans mon pantalon.

« Nova ! » Je fais signe à ma fille et lui demande de nous rejoindre.

Paige fronce le nez comme une gamine, et j'essaie de ne pas rire. Nova déteint sur Paige autant que Paige déteint sur Nova. C'est surtout attachant.

Nova s'envole sur le toboggan et trébuche sur ses pieds. Elle attend une seconde, se rendant compte qu'elle n'est pas blessée, puis se relève et finit son sprint vers nous.

« Viens déjeuner », je dis.

Paige me regarde fixement.

Elle sait probablement ce que je fais - éviter la conversation qu'elle veut avoir. Comme je lui ai dit, ce n'est pas comme ça que ça marche. Je ne vais pas répondre à ses questions sur la mafia. Certainement pas en public, et pas alors qu'elle pourrait porter un micro.

Je fais confiance à Paige, mais ça ne veut pas dire que quelqu'un d'autre n'a pas pu l'atteindre avant notre rencontre.

C'est un bond en avant, c'est sûr, mais on ne peut pas faire confiance à tout le monde, et elle a été introduite dans la famille et engagée comme nounou de ma fille. Elle n'a pas besoin de savoir quoi que ce soit sur l'entreprise ou ma position dans celle-ci.

Nova s'installe entre nous, et je lui déballe un sandwich au beurre de cacahuète et à la confiture dans un sachet plastique.

Elle s'assoit entre nous et grignote tranquillement son déjeuner. Non pas que je m'attende à ce qu'elle parle. Je me suis habitué à son silence. Cela ne veut pas dire que je ne veux pas qu'elle parle. Je ne suis pas un monstre. Mais si elle commence à parler de ce qui s'est passé, je ne sais pas comment gérer ça, le traumatisme, tout ce dont elle a pu être témoin.

« C'est bon ? » Je souris faiblement à Nova.

Elle lève les yeux au ciel avec de grands yeux et prend une autre bouchée. Elle a de la gelée de fraise sur les doigts et une petite quantité sur la joue.

Heureusement, j'ai pensé à un paquet supplémentaire de lingettes et de serviettes pour l'aider à se nettoyer avant de partir.

Pan !

Pan !

Pan !

Nova éclate en sanglots et saute sur les genoux de Paige.

Merde.

29

PAIGE

PLUSIEURS PÉTARDS SONT TIRÉS, et l'un des gardes se précipite, arme dégainée sur une bande d'adolescents derrière un arbre.

« Mais qu'est-ce que vous faites ? » Moreno bondit pour désamorcer la situation avant qu'elle ne devienne encore plus incontrôlable.

Bruno, le garde, remet la sécurité et range le pistolet sous sa veste, à l'abri des regards.

Est-ce qu'il porte ça partout avec lui ? Peut-être que j'aurais dû m'y attendre. C'est un gardien, mais ne devrait-il pas reconnaître la différence entre un pétard et un coup de feu ?

Nova est enroulée dans mes bras, elle sanglote.

Je lui frotte doucement le dos alors qu'elle s'accroche à moi avec les doigts collés de son sandwich beurre de cacahuète et gelée. On dirait que je porte la gelée autant que Nova.

Moreno rameute le garde avant de s'approcher de nous. Il s'accroupit et j'entends ses genoux craquer. « Hey, Nova. » Sa voix est douce et apaisante alors qu'il essaie d'attirer son attention.

Elle a enfoui son visage dans mon cou et n'a même pas levé les yeux vers son père.

« Laisse-lui quelques minutes », je propose une suggestion. Elle est énervée et a besoin d'un peu de temps pour se calmer.

Il s'énerve dans son souffle et se lève, se dirigeant vers le garde qui a perdu son sang-froid.

Nova jette un coup d'œil pour voir la colère de son père, dirigée vers le garde.

« Hey. Tu veux aller au magasin de jouets ? » Je demande, espérant attirer son attention sur moi.

Elle pousse un gros soupir et lève les yeux au ciel avec de grands yeux. Nova acquiesce faiblement avant de se blottir à nouveau contre moi, ses bras serrés autour de ma poitrine.

————

" Je suis désolé pour tout ça », dit Moreno en ouvrant la porte vitrée. La cloche de la porte tinte.

Je porte Nova dans le magasin, ses bras serrés autour de mon cou.

« C'est sûr icI », je lui assure. « Et si je te posais et te laissais te promener et choisir un jouet ? »

J'aurais probablement dû parler à Moreno de ma proposition de lui acheter un cadeau avant d'entrer dans le magasin, mais à quoi s'attendait-il ? Vous ne pouvez pas amener un enfant dans un magasin de jouets et repartir les mains vides.

Certainement pas un enfant de quatre ans.

En plus, après le pique-nique qu'on vient d'endurer, je ne pense pas qu'il dira non.

« Garde un œil sur elle », dit Moreno quand je rentre dans la petite boutique.

Je n'avais pas l'intention d'abandonner Nova.

Il se dirige vers l'extérieur, et d'après ce qu'on voit, il est en train de faire chier le garde qui a sorti son arme.

Bien.

Nova glisse sa main dans la mienne, et je l'accompagne plus loin dans le magasin pour qu'elle ne voie pas son père hurler sur le garde. Elle a assez souffert aujourd'hui.

Un traumatisme à la fois.

Elle tire sur ma main et me pousse à la suivre dans l'allée des animaux en peluche.

Elle a une collection entière de jouets en peluche à la maison. Cette enfant pourrait sérieusement diriger un zoo, mais elle n'a aucun mal à trouver un bébé gorille sur l'étagère. Elle le montre du doigt alors qu'il est hors de sa portée, et je jette un coup d'œil rapide à l'étiquette du prix avant de le lui donner.

Même si Moreno n'est pas d'accord pour le payer, je vais acheter le cadeau à Nova avec mon salaire. J'ai quelques dollars, et l'enfant le mérite.

« Je peux ? » Nova demande, sa voix est douce. Je l'entends à peine, mais le fait qu'elle me pose une question et qu'elle parle fait battre mon cœur dans ma poitrine.

Je ne veux pas en faire une affaire d'état. La dernière chose que je souhaite, c'est qu'elle se ferme et devienne silencieuse à cause de ma stupidité.

« Bien sûr », dis-je, comme si le fait qu'elle parle pour la première fois depuis que nous sommes ensemble n'était pas un événement qui change la vie.

Pour elle, peut-être que ce n'est pas le cas. Si Ariella avait raison et que Nova avait l'habitude de parler, elle meurt probablement d'envie de se décharger de ce qui lui arrive, et je serai là pour elle à chaque étape.

Elle me serre la main et serre le bébé gorille contre sa poitrine. L'enfant ne veut pas s'en séparer, et le propriétaire du magasin est très gentil et compréhensif, proposant de couper soigneusement les étiquettes tout en laissant Nova tenir le jouet dans ses bras.

« MercI », je dis.

« Tout pour M. RiccI », dit la femme.

« Vous connaissez Moreno ? »

« Oui, bien sûr. Sa famille a traversé tant d'épreuves. C'est bon de voir qu'il va de l'avant. Vous faites une belle famille. »

J'ouvre la bouche pour la corriger, mais je me ravise. « MercI », je dis. Je ne veux pas lancer de rumeurs, mais je n'ai pas non plus besoin d'expliquer à cet inconnu que je suis la nounou de Nova.

Nova choisit de serrer son nouvel ami dans ses bras au lieu de le mettre dans un sac.

Heureusement, Moreno a fini de crier sur le jeune garde. La dernière chose que je veux est d'effrayer Nova à nouveau. Elle est enfin toute souriante, et la peur de tout à l'heure semble avoir été oubliée.

Nova s'accroche à son nouveau jouet pendant que nous sortons au soleil.

La couverture et le pique-nique ont déjà été nettoyés, et Moreno attend dehors, seul.

Où sont les gardes ?

Je jette un bref coup d'œil autour de moi mais je ne vois aucun d'entre eux. Peut-être leur a-t-il dit de partir et de retourner à la cabane ?

Moreno se penche à la hauteur de Nova lorsque nous approchons. « Je vois que tu t'es fait un nouvel ami. » Il lui offre un sourire rassurant, mais elle ne parle pas.

J'ai presque l'impression d'avoir imaginé sa voix, les mots doux qui ont franchi ses lèvres.

Mais je sais que ce n'était pas un rêve éveillé.

Je vais devoir le dire à Moreno, mais pas maintenant. Pas devant Nova. Je ne veux pas la mettre mal à l'aise ou lui faire croire qu'elle ne peut pas me faire confiance.

Est-ce que je la trahis en me confiant à Moreno ?

———

Je suis épuisé, et Nova peut à peine garder les yeux ouverts pendant que je lui lis une histoire pour s'endormir. Son gorille est caché sous son bras. À côté d'elle, six autres amis en peluche la rejoignent dans son lit ce soir.

Chaque soir, c'est un nouveau jouet et sa girafe préférée, qui est toujours à côté d'elle, sous les couvertures.

Ses yeux se ferment sans cesse, et dès que je tourne la page, elle se réveille.

L'enfant ne veut pas dormir. Elle le combat avec chaque once de force qu'elle a en elle.

Son père n'est pas encore venu la border dans son lit. D'habitude, il vient tard, après qu'elle s'est endormie et qu'il a fini de travailler.

Mais Dante lui a donné son jour de congé.

Je m'attends à ce qu'il vienne nous rejoindre pendant son rituel du coucher, mais il ne l'a pas encore fait.

Qu'est-ce qui le retient ?

Nova soupire doucement et me tapote le bras.

Je jette un coup d'œil du livre à la petite fille qui fait la moue.

« Je ne veux pas dormir », murmure Nova.

Encore une fois, j'essaie de ne pas cacher ma surprise ou ma joie excessive qu'elle me parle. « Qu'est-ce qui ne va pas ? » Je lui demande. Ma voix est douce et gentille, calme.

Je ferme le livre mais laisse ma main pour sauver la page si elle veut que je continue à lire. Bien que, j'aurais pu jurer qu'elle se serait endormie avant d'atteindre la fin du livre.

« Mauvais rêves », murmure Nova.

« Tu fais souvent des cauchemars ? » Je demande. Pas une seule fois, elle ne s'est faufilée dans ma chambre pendant la nuit. J'ai supposé qu'elle dormait profondément et qu'elle allait bien.

Peut-être qu'elle ne se sentait pas en sécurité et à l'aise.

Nova hausse les épaules, évitant de répondre.

« J'ai une idée », dis-je et je me lève.

Elle se redresse, les sourcils froncés. Nova semble terrifiée à l'idée que je la quitte alors qu'elle vient de m'avouer quelque chose d'aussi profond et intime.

Je me dépêche d'aller dans ma chambre et je me précipite dans la salle de bain. J'attrape sous le lavabo un spray que j'ai pris. Il sent les agrumes et la sauge.

Je suis de retour à côté de son lit en une minute et j'ouvre la fenêtre de quelques centimètres.

Je vaporise autour du cadre de la fenêtre ouverte. L'odeur n'est pas trop forte et est assez agréable.

Elle respire profondément, en prenant le parfum.

» Croyez-vous-en la magie ? » Je demande.

Si elle n'y croit pas, elle y croira ce soir.

« La magie ? » Les yeux de Nova s'écarquillent et son visage s'illumine tandis qu'elle resserre son emprise sur son gorille.

« OuI », je chuchote, en gardant ma voix basse. Quelqu'un va forcément remarquer que nous discutons tous les deux, surtout si l'un des gardes est posté à l'extérieur de la chambre.

Je pulvérise encore quelques fois autour de la pièce, près de son lit.

« Les mauvais rêves s'en vont », je dis. « Nous ne voulons que de bons rêves et des pensées heureuses dans cette maison. Tout ce qui est mauvais ou lugubre doit partir tout de suite. »

Nova fronce le visage et sourit. Elle montre la fenêtre. « Pars, mauvais rêves ! » dit-elle en poussant un cri.

Je souris et brumise encore quelques fois près de la salle de bain, puis de la porte principale de la chambre.

La jeune fille se réinstalle sous les couvertures, et je ferme la fenêtre une fois que nous sommes tous deux satisfaits que les mauvais rêves aient quitté la pièce.

« Bonne nuit. » Je borde Nova dans son lit et dépose un doux baiser sur sa joue. « Fais de beaux rêves, et si tu as besoin de quelque chose, je suis juste à côté. Tu peux venir me trouver. D'accord ? »

« Ok. » Nova se roule sur le ventre pour se mettre à l'aise.

Je ferme la porte de la chambre entre nous, silencieusement pour ne pas la déranger, même si elle ne s'est pas encore endormie.

« Hey », la voix de Moreno me fait sursauter.

« Depuis combien de temps es-tu là ? » Je demande, le spray dans ma main.

« Est-ce que ça éloigne vraiment les mauvais rêves ? »

Est-ce qu'il a entendu ça ? Alors il a entendu Nova parler.

Pourquoi il n'a encore rien dit à ce sujet ?

Peut-être qu'il n'a pas entendu Nova. Elle est douce et calme. C'est possible qu'il ne m'ait entendu qu'à travers la porte.

« Eh bien, ça ne fait pas mal », je dis. « Tu veux la border dans son lit ? Elle vient de fermer les yeux. »

Moreno fait un léger signe de tête et me frôle, son contact réchauffant quelque chose à l'intérieur, attisant un feu en moi.

Pourquoi me fait-il ressentir ça ?

Conflictuel.

Le désirer est un désastre en attente de se produire. Je devrais le laisser partir. Être seulement une nounou pour sa petite fille. Ce serait plus sûr, moins dangereux.

Il ouvre discrètement la porte adjacente et se faufile à l'intérieur pour donner un baiser de bonne nuit à Nova.

J'essaie de ne pas écouter leur moment privilégié, mais j'ai du mal à détacher mon regard de la porte ouverte et de Moreno qui borde sa fille dans son lit.

Il s'est tellement rapproché de Nova depuis le premier jour où je l'ai rencontré. Je ne suis pas sûre de ce qui a changé. A-t-il réalisé ce qu'il a manqué ? Peut-être que sa femme a toujours été la plus chaleureuse et compatissante avec Nova.

Moreno la borde et se retire de la chambre, fermant discrètement la porte alors qu'il s'est invité une fois de plus dans mon espace personnel.

Pour la première fois, cela ne me dérange pas. Mais j'ai l'estomac qui palpite de nervosité.

Comment lui dire que Nova m'a parlé aujourd'hui ?

Sera-t-il en colère que ce soit moi et non lui ?

30

MORENO

ON FRAPPE FERMEMENT à la porte du bureau. « Monsieur, vous devez venir ici immédiatement », interrompt Rhys.

Dante et moi levons les yeux vers Rhys et échangeons un regard inquiet.

Est-ce que Vance est finalement venu pour se venger ?

Il a assassiné ma femme, Serene, et notre ancienne nounou, Laura. La vengeance devrait être la mienne, mais il ne s'arrêtera pas tant qu'il n'aura pas détruit notre famille et réduit notre maison en cendres.

Dante est debout.

« J'ai besoin de Moreno », dit Rhys.

« Qu'est-ce qui se passe ? » L'inquiétude me traverse comme un éclair. Je me lève en hâte, j'ai presque renversé la chaise.

« Je montais la garde devant la chambre de Nova, et je jure que je l'ai entendue parler avec la nounou. »

J'ai serré mes lèvres l'une contre l'autre et je suis sorti en courant du bureau de Dante.

J'en ai fini avec le travail. Il m'a donné un jour de congé, et tous les deux nous avons rattrapé le temps perdu, mais ça peut attendre.

Si Nova s'ouvre enfin et redevient comme avant, je veux le voir de mes propres yeux.

Je me dépêche de monter les escaliers, et j'entends la voix de Dante derrière moi.

« Sois prudent, Moreno. »

Je n'avais même pas réalisé qu'il me suivait jusqu'à ce qu'il parle. Je lui jette un coup d'œil par-dessus mon épaule alors que je me dépêche dans le couloir. « Qu'est-ce que tu suggères ? »

« Attendez dehors », dit-il en levant une main. « Si vous foncez là-dedans, vous pourriez détruire tout ce qui se passe de bien en ce moment. »

Il a raison.

Je sais que Dante veut ce qu'il y a de mieux pour Nova, mais je suis son père.

C'est à moi qu'elle devrait parler !

J'ai mal au cœur rien qu'en pensant qu'elle fait plus confiance à la nounou qu'à sa chair et son sang. Qu'est-ce que j'ai fait ?

Je passe une main dans mes cheveux et gémis. J'essaie de ne pas piétiner ou d'ouvrir la porte d'un coup sec en m'approchant de la chambre de Nova.

Des sons étouffés proviennent de l'intérieur de la pièce. C'est difficile de comprendre ce qui se dit, mais il y a une conversation, et ce n'est pas seulement Paige qui lit une histoire à Nova.

J'ai écouté quelques-unes de ses histoires de l'autre côté de la porte, et bien qu'elle essaie de faire des voix différentes pour les personnages, aucune ne ressemble à Nova.

J'ai décidé de me glisser dans la chambre de Paige. Si elle parle à Nova, alors je peux entendre ce qui se dit.

Est-ce que j'écoute aux portes ?

Oui, mais ça vaut le coup de prendre le risque de se faire prendre.

Paige devra s'en remettre.

Je ferme la porte, ne laissant pas Dante s'impliquer davantage. Son opinion, il peut la garder pour lui.

J'ai envie de faire irruption par la porte adjacente. Mon cœur martèle dans ma poitrine au doux cri de Nova.

L'air est aspiré de mes poumons.

Mes pieds sont gelés en place.

Je ne peux pas bouger.

Je ne peux pas respirer.

Un moment plus tard, Paige entre dans la chambre. Elle semble légèrement surprise de me voir.

Il y a tellement de choses que je veux dire, mais pas encore. Je dois voir Nova, la mettre au lit, et j'espère que dans un état de demi-sommeil, elle me rendra les mots que je prononce.

Je passe devant Paige et entre dans la chambre de Nova. J'arrange ses couvertures, bien qu'elles soient déjà soignées, et dépose un baiser sur son front. « Bonne nuit, Nova. Je t'aime. »

Sans un bruit, je m'éloigne du lit et me retire à pas feutrés dans la chambre de Paige.

Je pourrais sortir par la porte de la chambre, mais je ne veux pas le faire, pas encore.

Paige et moi avons beaucoup de choses à discuter. Je ferme la porte derrière moi et je la rejoins dans sa chambre. D'habitude, elle est en pyjama, sous les couvertures, en train de lire un livre...

Ce soir, je l'ai surprise.

Du moins, j'espère l'avoir fait et elle est heureuse de me voir.

« Tu veux t'asseoir ? » demande-t-elle en faisant un geste vers son lit.

« Depuis combien de temps Nova te parle-t-il ? » Je n'ai pas l'intention de le dire comme une accusation, mais dire que je ne suis pas jalouse est un mensonge.

Elle expire un gros soupir et se pose sur le bord du matelas.

Il y a trop d'énergie qui pulse dans mon corps. Je suis incapable de rester assis, alors je me dresse au-dessus d'elle. Je dois tout faire pour ne pas faire le tour de sa chambre.

Je dois rester calme et tranquille.

Nova dort juste à côté, et les murs sont suffisamment fins pour que je puisse la réveiller. C'est la dernière chose que je souhaite.

Paige tripote ses mains sur ses genoux. « Aujourd'hui même. Elle a demandé si elle pouvait avoir l'animal en peluche du magasin de jouets. »

« Merci de l'avoir acheté pour elle. Fais-moi savoir combien ça coûte, et je te rembourserai. » Je n'ai même pas pensé que j'avais laissé à la nounou le soin de payer le jouet de mon enfant. Je n'aurais pas dû faire ça. C'était irresponsable.

« Ce n'est pas un gros problème. » Elle agite sa main dédaigneusement dans l'air.

« Nova qui parle à nouveau est un gros problème. »

« Encore ? » Paige penche la tête, me fixant avec de grands yeux. « Oh, je suis d'accord. Nova qui parle, c'est grave. C'est quoi ce truc de reparler ? »

Merde.

Pris dans un mensonge.

Non pas que j'aurais dû mentir à Paige, mais je ne m'attendais pas à ce que Nova s'ouvre à nouveau. Après un an de mutisme, je pensais que c'était fini, et qu'elle allait rester silencieuse.

Qu'est-ce que je savais des enfants ? Serene a toujours été un parent aimant et dévoué. Elle voulait des enfants. Je ne savais pas comment changer une couche, et encore moins m'occuper d'une enfant de 4 ans qui refusait de parler.

Honnêtement, je pensais que ça lui passerait au bout d'une semaine. Que c'était parce que sa mère était morte. Bon sang, j'avais tort.

« Après la mort de Serene, sa mère, elle a refusé de parler. »

« Et vous n'avez pas pensé à l'emmener voir un thérapeute après la mort de sa mère ? » Paige demande.

Ma bouche est sèche. Je me frotte les mains, luttant intérieurement contre mes démons. « Ce n'était pas si simple. Aucun de nous ne voulait en parler. »

« Tu ne voulais pas en parler. Cette fille avait besoin de son père », dit Paige.

Je lui reconnais le mérite de m'avoir tenu tête et d'avoir dit ce que personne d'autre n'a eu le courage de dire il y a un an, en face.

« Elle a toujours besoin de son père », je dis. « Et je suis là. »

Paige croise ses bras sur sa poitrine et émet un lourd soupir. Ses lèvres sont pressées l'une contre l'autre.

Ne me croit-elle pas ?

« J'essaie. Avoir ma femme assassinée et la nounou massacrée, probablement devant Nova, n'est pas exactement dans le manuel « comment être un père » », je me moque.

Elle se lève. Ses sourcils sont froncés. Paige s'approche et se retrouve face à face avec moi. « Tu as oublié de mentionner que ta précédente nounou a été assassinée. »

Je grimace.

Merde.

Et voilà, j'ai encore dérapé.

« Ce n'était pas un argument de vente pour le poste », je dis.

Paige doit se rendre compte que je ne pouvais pas mettre ça dans l'offre d'emploi ou en parler. Je n'avais pas l'intention qu'elle découvre que son employeur était la mafia. Ce n'était pas une conversation à avoir pendant un entretien d'embauche.

« Je comprends, mais vous avez le devoir d'être honnête avec moI. » Elle ne recule pas.

Je secoue la tête et fais un pas en arrière. J'ai besoin de renverser la situation et de reprendre le contrôle. Je n'aime pas qu'elle me fasse tourner la tête et que mon cœur s'emballe.

« Non. »

« Non ? » demande-t-elle. « Tu ne vas pas être honnête avec moi ? Alors, je démissionne ! »

Son audace me déconcerte pendant une brève seconde.

« Tu ne peux pas démissionner. Vous avez signé un contrat, Paige, et au cas où vous l'auriez oublié, vous ne pouvez pas être libérée de votre contrat sans que ce soit en accord, sur ma décision, ou jusqu'à ce qu'un remplaçant soit engagé."

« Bien, alors engagez un remplaçant ! » Elle jette ses bras en l'air, exaspérée.

Ça n'arrivera pas.

Je ne veux personne d'autre avec ma fille.

« Non. Nova s'ouvre enfin, parle, et tu veux l'abandonner ? » Je renverse la situation sur Paige.

Ses épaules s'affaissent. Défaite. « Ce n'est pas juste. »

« Non, ce n'est pas juste pour Nova. Elle t'admire. J'ose dire que la gamine t'aime. »

Paige se lèche les lèvres et s'éloigne de moi d'un pas. « Je ne travaillerai pas pour une menteuse », dit Paige.

« Je ne t'ai caché des choses que pour te protéger. » C'est tout ce que j'ai toujours voulu, son bien-être.

Enfin, Nova et elle.

« Tu ne peux pas démissionner, Paige. Je n'accepte pas ta démission. »

Elle exhale un lourd soupir et se dirige à nouveau vers le matelas, s'affaissant sur le lit. « D'accord, mais je veux ce week-end de congé, et je veux avoir le droit de quitter la cabane et les lieux. Pas de gardes. »

Elle n'est pas une prisonnière, mais la laisser partir seule la met en danger.

« Je ne peux pas faire ça."

" TU NE PEUX PAS me laisser partir ? » Je me moque. « Ou vous ne le ferez pas ? Comment puis-je ne pas être retenue en captivité si je ne peux pas partir ? »

« Tu n'as pas entendu ce qui est arrivé à la dernière nounou ? Elle a été assassinée. » Moreno se rapproche. « Mon travail est de vous protéger. Votre travail est de vous occuper de ma fille. Laissez-moi faire mon travail et je ne me mêlerai pas du vôtre. »

Je rigole dans mon souffle.

« Sérieusement ? »

Je ne le crois pas.

Quel culot il a de ne pas me laisser quitter les lieux !

« Vous ne pouvez pas me garder ici, Moreno. »

« J'essaie de te protéger. Tu te souviens de Vance, au club ? Le fait que tu travailles pour moi, la famille Ricci, fait de toi une cible. »

Je serre les lèvres. « Et si je suis prêt à prendre le risque ? » Vance ne me ferait pas de mal. S'il voulait me tuer, il l'aurait fait quand je suis entrée dans son agence et que j'ai demandé à devenir nounou.

N'est-ce pas ?

Sauf que je ne représentais rien pour la famille Ricci avant de devenir leur nounou. C'est pour ça que je suis une cible maintenant ?

Moreno doit avoir une réaction excessive. Non pas que je le blâme parce que je ne le fais pas. Il a traversé beaucoup d'épreuves, avec la mort de sa femme et le meurtre de sa précédente nounou.

Sa langue sort sur le côté de sa bouche pendant une seconde alors qu'il pense à ma proposition.

Est-ce qu'il me laissera partir ?

« Non. »

« Allez, viens. » J'essaie de ne pas me plaindre, mais il est exaspérant. « Vous ne pouvez pas me garder en otage. »

« Vous n'êtes pas un otage. Vous êtes un employé de la famille Ricci. D'après moi, tu as un toit sur la tête, un lit chaud, la maison entière comme château et une excellente compagnie. » Il me sourit, et je n'ai qu'une envie, c'est d'effacer ce sourire de son visage.

« Bien. »

S'il ne me laisse pas partir, alors je me faufilerai dehors.

Ou convaincre un des gardes que Moreno me laisse partir.

Il a haussé un sourcil vers moi. « Bien. Je suis content que ce soit réglé. » Il semble légèrement surpris que je lui cède.

« Tu peux avoir le week-end de libre, mais tu ne quitteras pas la cabane à moins que je ne vienne avec toi ou qu'un des gardes ne t'accompagne. »

Il n'y a aucune chance qu'il soit d'accord pour que je sorte avec Ariella. C'est mieux si je garde l'arrangement pour moi.

« Bien."

―――――

J'envoie un SMS à Ariella et je prévois un déjeuner pour nous deux dans un petit café en ville. Elle me donne l'adresse.

En regardant ma montre, si je pars maintenant, je peux arriver quelques minutes plus tôt.

Il n'y a pas de trafic à craindre, juste les interférences des gardes.

Nova passe une journée dehors avec Moreno. Il a pris au moins un garde avec lui, peut-être deux.

Je me dirige vers la porte d'entrée, clés en main, mon sac à main en bandoulière.

Rhys m'aperçoit quand je saisis la poignée de la porte d'entrée. « Où vas-tu ? » demande-t-il.

Il y a un froncement de sourcils sur son visage. Il semble incertain du protocole, ce que j'utilise à mon avantage.

« Moreno voulait que j'aille au magasin pour acheter de nouvelles fournitures pour Nova. De la peinture au doigt, une toile, tu sais, les trucs habituels que les enfants adorent. »

Je tourne la poignée et ouvre la porte. « Je serai de retour après le déjeuner. »

« Quelqu'un est censé t'accompagner ? » Rhys demande. « Don Ricci insiste toujours pour qu'un garde accompagne sa femme hors des locaux. »

Je souris de façon rassurante. « Vous n'avez pas à vous inquiéter. Je ne suis pas Nikki, la femme de Don Ricci. Je suis juste la nounou. » Avec autant de conviction, j'essaie de lui faire comprendre qu'il n'a pas besoin de me garder.

Il y a toujours un conflit gravé sur son visage. « Ok. » Il répond un peu trop vite. Il semble encore y réfléchir, les sourcils froncés. « Peut-être que je devrais appeler... »

Je suis dehors et je claque la porte avant qu'il ne puisse finir sa phrase.

S'il appelle Moreno, je ne veux pas être là. Je gèrerai sa colère plus tard quand il verra que je vais bien, et qu'il a réagi de manière excessive.

Je me précipite vers ma voiture, je déverrouille la porte côté conducteur et je monte dedans, démarrant le moteur. J'enclenche la boîte de vitesse et je sors de la voiture, en me dirigeant vers le chemin principal qui mène à la porte du gardien.

Le garde ouvre la porte et me fait un signe de tête sans même y penser.

C'était facile !

Je ris dans mon souffle, j'appuie sur l'accélérateur et je m'éloigne de la cabine.

Je jette un coup d'œil dans le rétroviseur, m'attendant à ce que quelqu'un me poursuive, me dise que je ne peux pas partir sans un garde ou l'approbation de Moreno.

La poussière et la saleté s'élèvent derrière moi.

Personne ne semble suivre.

————

Je me gare sur le parking, entre dans le café et trouve Ariella à une table. Son mari a les enfants aujourd'hui, ce qui est une pause agréable pour nous deux.

« Je suis contente que tu aies réussi à venir », dit Ariella avec un sourire chaleureux. Elle se lève et me donne une énorme accolade. « Je pensais que tu m'enverrais un SMS pour annuler. »

Je ne suis pas sûr de vouloir lui dire que je craignais que ça arrive aussi. « Eh bien, je l'ai fait », dis-je en riant.

Je me glisse dans la cabine, m'asseyant en face d'elle.

« Comment ça se passe pour vous savez qui ? » dit-elle en souriant.

Au moins, elle sait comment être un peu discrète et ne pas annoncer le nom de famille sous lequel je suis employé.

« Il est épuisant. » Je rigole. « Plus que le gamin. »

Ariella glousse. « Eh bien, chaque fois que vous avez besoin d'une pause, vous êtes invités à dormir chez nous. Nous avons une chambre d'amis que vous pouvez occuper. »

« J'apprécie. »

La serveuse s'approche de notre table, nous apporte les menus et nous énumère les plats du jour. Après lui avoir fait savoir que j'avais besoin de quelques minutes pour me décider, elle se précipite pour aider un autre couple à une table.

« Comment va Nova ? » demande Ariella, en gardant sa voix basse.

J'apprécie sa discrétion.

« Elle a recommencé à parler. Juste la semaine dernière. »

Ariella a les yeux écarquillés et me regarde avec une apparente incrédulité. « Wow. C'est génial. C'est un amour. Je parie que son père est content aussi. »

Je serre les lèvres l'une contre l'autre pendant un bref instant, et Ariella semble interpréter mon silence comme une inquiétude.

« Oh non. Ne sait-il pas qu'elle parle ? Ou bien il a peur de ce qu'elle va dire ? »

Je secoue la tête. « Non, il est extatique, mais elle ne lui a pas encore parlé. La plupart de nos conversations se passent entre nous deux ou entre elle et un de ses animaux en peluche. »

« Cette fille adore sa girafe », dit Ariella. « Je me souviens qu'elle avait l'habitude de la porter dans la cour de récréation. Ça énervait Serene et Laura. Elles avaient toujours peur qu'elle la laisse derrière elle. »

« Laura ? »

« Sa dernière nounou. »

Moreno n'a pas donné d'informations sur la mort de sa femme ou le meurtre de la nounou. J'ai essayé de lui donner du temps, mais je veux plus de détails. Une partie de moi a besoin de savoir à quoi je peux être confronté.

« Vous étiez amis avec Serene et Laura ? » Je demande.

La serveuse décide que c'est le moment idéal pour réapparaître, et je parcours le menu pour trouver quelque chose de convenable. Je commande une salade d'avocats et un verre d'eau avant de rendre mon menu à la serveuse.

« Serene et moi n'avons jamais vraiment conversé. Laura et moi bavardions quand les enfants jouaient dans le parc. Laura était une fille douce, jeune, et ressemblait beaucoup à Nikki, maintenant que j'y pense. Les mêmes cheveux et la même carrure. On aurait pu facilement la confondre de dos."

" Vous pensez que c'est pour ça qu'elle a été... » J'essaie de garder ma voix à peine au-dessus d'un murmure. Je n'ai pas fini avec le mot que je voulais : *assassinée.*

Je crains que quelqu'un puisse entendre.

Elle se penche en avant et pose ses mains sur la table. « Je sais. Il vous a parlé de cette nuit-là ? »

La serveuse apporte deux verres d'eau sur la table, ainsi que des couverts. Nous sourions tous les deux poliment, en veillant à ne pas parler de Moreno, Serene ou Nova devant elle. Elle ne dirait probablement rien, mais on ne peut pas en être trop certain.

Au moment où elle s'éloigne, j'expire un souffle. « Non, il n'a rien dit à propos de cette nuit. » Je ne lui ai pas vraiment demandé, non plus, à propos du meurtre. Je savais que sa femme était morte, mais ce n'est que récemment que j'ai appris qu'une autre nounou avait été assassinée.

J'ai l'estomac noué rien qu'en pensant à ce qui aurait pu se passer.

J'aurais peut-être dû suivre le conseil de Moreno et amener un des gardes au café. Il n'était pas obligé de s'asseoir avec nous. Il aurait pu prendre sa propre table, déjeuner, et juste garder un œil sur toute personne suspecte.

Je suis paranoïaque.

En jetant un coup d'œil dans le café, personne ne semble s'intéresser à nous deux ou à notre conversation.

Ariella tire sa lèvre inférieure entre ses dents. « Tu devrais probablement lui demander. Je veux dire, j'ai entendu des choses de Jaxson et des gars d'Eagle Tactical. »

« Jaxson ? » Je répète le nom sur ma langue. Je suis allé à l'école avec un gamin de ce nom, et je n'y aurais pas réfléchi à deux fois, sauf que j'avais croisé un monsieur portant le même prénom.

Ça ne pouvait être que lui. « Attendez. Êtes-vous mariée à Jaxson Monroe ? »

« Oui, pourquoi ? » Ariella demande avec un sourire nerveux.

« Grand, musclé, avec beaucoup de tatouages ? » Je n'arrive pas à croire qu'il y ait deux Jaxson Monroe à Breckenridge. Bon sang, il n'y a probablement pas deux Jaxson dans toute la ville. Il n'y en avait certainement pas quand j'étais enfant.

Elle rit dans son souffle.

La serveuse apporte nos repas à la table, et la conversation se tait à nouveau jusqu'à ce que nous soyons seuls.

Ariella se penche en avant. « Vous connaissez mon mari. Comment ? S'il vous plaît, dites-moi qu'il ne travaille pas avec Dante. » La couleur s'est vidée de son visage.

« Mon dieu, non ! » Je fais un geste sauvage avec mes mains avant d'attraper ma fourchette. « Ce n'est pas ce que je voulais dire. J'ai grandi à Breckenridge. Lors de mon premier jour de retour en ville, j'ai rencontré Jaxson dans un café. Il m'a reconnu. »

Ariella exhale un doux soupir et ses épaules s'affaissent, semblant un peu plus détendue. « Oh, c'est bien. » Elle boit une gorgée de son eau alors que la couleur revient encore plus sur ses joues.

« Je me sentais mal », j'explique ensuite. « Je ne l'avais pas reconnu. Certainement pas avec les tatouages. »

« Et je parie qu'il n'avait pas un pack de six au lycée, non plus », dit Ariella avec un sourire.

Je secoue la tête. « Certainement pas. » Je n'étais pas attirée par la plupart des garçons du lycée. J'avais couru après des étudiants en dehors de la ville. Grosse erreur. Ils étaient tous des briseurs de cœur.

« Tu devrais venir dîner à la maison. »

Je regarde ma montre en finissant les dernières bouchées de salade. « J'apprécie l'offre, mais je ne peux pas. D'habitude, je garde le petit 24 heures sur 24. J'ai la chance d'être libre aujourd'hui et demain. »

« Emmène-la avec toi. Mais laisse peut-être son père à la maison », dit Ariella en fronçant le nez.

J'essaie de ne pas me sentir offensé par sa suggestion. Ce n'est pas comme si elle savait ce qui se passe entre Moreno et moi. Bon sang, je ne suis même pas sûr de savoir ce qui se passe entre nous.

C'est compliqué.

Deux mots qui sont comme le plus lourd des nuages de pluie prêt à se déverser sur nous. « Tu sais, ce n'est pas un si mauvais gars », je dis, me surprenant à défendre Moreno.

Je ne devrais pas le défendre.

Il ne m'a même pas laissé partir tout seul.

J'attrape mon verre d'eau, je descends les derniers restes. Rien que de penser à lui, ma bouche est sèche, ma gorge desséchée.

« C'est ton patron », me rappelle Ariella sans la moindre subtilité.

Merde.

Moreno n'est même pas dans la pièce avec nous et elle me rappelle que je suis son employé. Ça doit être évident, mes sentiments pour lui.

Eh bien, je ne suis pas la seule à avoir des sentiments. Il m'a avoué les siens, aussi.

« Mon patron grincheux », je répète.

Ariella sourit et termine son déjeuner. « C'est vrai. Grincheux. » Elle n'a pas l'air convaincue.

« Quoi ? » Je demande.

Elle ne peut pas nier qu'un homme qui travaille pour la mafia n'est pas grincheux. Ça va avec le boulot. C'est pratiquement une exigence.

« Ce n'est pas l'adjectif que je pensais que tu aurais utilisé. » Le sourire en coin sur son visage me fait sentir plusieurs degrés plus chauds. « Tu rougis ! »

J'attrape mon verre d'eau, mais il est vide. « C'est un homme attirant. » Il n'y a rien de mal à admettre qu'il est séduisant.

Ses yeux profonds et sa mâchoire pointue, ses cheveux épais dans lesquels j'ai envie de passer mes doigts.

Ariella fait claquer ses doigts devant moi. « Où es-tu allé ? »

Oh non.

Rêvasser à propos de Moreno.

Ça doit être mauvais.

Heureusement, la serveuse vient nous voir et remplit nos verres d'eau tout en apportant l'addition sur la table. Elle est une distraction bienvenue pour changer l'humeur.

Je prends l'addition, avec l'intention de payer pour nous deux.

« Qu'est-ce que tu fais ? » Ariella me tend la main. « Laisse-moi au moins payer ma part. »

« Tu auras l'addition la prochaine fois qu'on sortira. » J'espère qu'il y aura une prochaine fois et que Moreno ne fera pas une crise quand il découvrira que j'ai fait le mur.

Je ne devrais pas m'inquiéter de ce que Moreno pense. Il n'est pas mon parent. Je suis une adulte. Mais je ne peux toujours pas laisser le soupçon tenace qu'il pourrait avoir raison revenir dans ma tête.

Ariella a fermé son sac à main. « Bien. Mais tu viens dîner chez moi. »

« Avec Moreno ? »

Ses yeux s'écarquillent. « N'exagère pas. »

La serveuse revient pour prendre ma carte de crédit, et le sourire disparaît de mon visage quand je regarde au-delà d'elle et vois un visage trop familier entrer dans le café.

MORENO

"TU T'ES AMUSÉ au musée des enfants ? » Je demande à Nova.

Je ne m'attends pas à une réponse, mais je sais qu'elle a parlé à Paige, alors j'essaie au moins d'engager la conversation avec elle.

Ça ne s'est pas passé aussi bien que je l'aurais souhaité. Mais j'ai apprécié de passer la matinée avec ma fille.

Nova fait un bref signe de tête et un léger haussement d'épaules en guise de réponse.

« Qu'est-ce qui ne va pas ? » Je demande, en arrêtant notre promenade dans Maple Street.

Elle presse ses lèvres l'une contre l'autre mais ne parle pas. C'est peut-être le fait que Sawyer soit avec nous, à quelques mètres de là, montant la garde. J'ai fait en sorte de ne pas amener Bruno qui l'avait effrayée avec l'incident du pistolet. Il est toujours employé par nous, mais il ne s'approchera plus jamais de ma fille.

Je pousse un gros soupir. Sachant que Nova était un moulin à paroles, qu'elle gloussait et était pleine de vie, c'est dur.

Je suis responsable de son silence.

J'ai mal au cœur et mon estomac se serre en me rappelant la raison de son mutisme.

Nova a probablement été témoin de la mort de Laura. Elle était avec la nounou ce matin-là lorsque Vance et son équipe ont franchi la porte, tué quatre de mes hommes et ouvert une brèche dans l'entrée.

Nova jouait dehors dans le jardin.

Nous l'avions trouvée cachée derrière les arbustes après le massacre.

Depuis ce jour, nous avons doublé le nombre de gardes sur place à tout moment et installé une salle de panique. Est-ce suffisant ?

Ça doit l'être. Je ne veux pas perdre ma fille.

Mon téléphone vibre dans ma poche, j'attrape l'appareil et réponds à l'appelant.

« Moreno », je réponds à mon téléphone.

D'après l'identification de l'appelant, c'est Rhys, ce qui est inhabituel. Dante appelle habituellement un des capos ou moi. Rhys est un soldat.

Ce n'est pas qu'il ne peut pas me contacter. C'est juste que ce n'est pas le protocole.

Déjà, mon estomac est noué quand je réponds au téléphone.

« Boss, c'est Rhys », dit-il. « Paige a quitté l'enceinte. Elle a dit que vous lui avez donné la permission de partir seule et qu'elle n'avait pas besoin d'une escorte cet après-midi. » Sa voix est tremblante, rauque, et remplie d'incertitude.

Je me pince l'arête du nez.

Pourquoi ne pouvait-elle pas m'écouter ?

« Je ne savais pas si je devais vous appeler. Je m'excuse si je vous dérange, monsieur. Je voulais juste vous prévenir au cas où elle ne serait pas autorisée à partir par elle-même. Vos ordres sont généralement qu'un garde escorte votre fille si elle sort, mais puisque Paige est seule... »

Je pousse un gros soupir. « A-t-elle pris sa voiture ? »

Nova sautille, sa robe à fleurs flottant au vent derrière elle.

« Oui, monsieur. »

Un autre soupir. Je n'avais qu'une seule demande, qu'elle soit escortée partout où elle allait.

Paige n'écoute jamais.

Au moins elle a pris sa voiture. Il y a quelques semaines, j'ai demandé à Sawyer de placer un traceur sur sa berline.

Nova prend trop d'avance sur moi, mais Sawyer est avec nous et suit Nova pour s'assurer qu'elle ne traverse pas la rue toute seule ou qu'elle ne s'enfuit pas.

« Merci de me tenir au courant », dis-je avant de mettre fin à l'appel.

J'ouvre l'application de suivi sur mon téléphone pour déterminer l'emplacement le plus récent de Paige. Il s'avère qu'elle n'est pas loin d'ici.

« Et si on allait déjeuner ? » Je dis à Nova, en la guidant vers le café situé à quelques rues d'ici.

Nova hausse légèrement les épaules et fait un signe de tête.

« Après, on pourra manger une glace. » Je la regarde alors que nous marchons sur le trottoir.

Elle sourit à peine, ses joues sont roses, mais le silence est assourdissant. Je veux qu'elle me parle à nouveau, qu'elle rit, qu'elle chante des chansons comme elle le faisait avec sa mère.

Même si je reconnais que Serene est partie et que ces moments appartiennent au passé, je ne peux m'empêcher de regretter la petite fille pleine de vie et d'éclat.

Vance et les DeLucas ont volé l'innocence de ma fille. Une enfant de quatre ans ne devrait pas avoir à assister à l'assassinat de sa nounou ou aux funérailles de sa mère dans la même semaine.

Je gémis.

Nova serre ma main et lève les yeux vers moi.

Un nouveau silence me serre le cœur. Je veux qu'elle me fasse confiance, qu'elle se confie à moi et qu'elle me parle.

Dante et Nikki ont eu raison de me pousser à l'emmener chez un psychologue pour enfants. Je n'aurais pas dû mentir, prétendre que Paige était ma femme et que tout était rose et arc-en-ciel.

Je suis un monstre.

J'ai fait du mal à Nova.

Le pardon n'est pas dans mon sang.

Est-ce qu'il est dans le sien ?

On traverse la rue, et j'ouvre la porte du café.

Paige tend sa carte de crédit à la serveuse, et son regard se pose directement sur moi.

Le sourire disparaît de son visage.

Bien.

Nova repère Paige, lâche ma main et se précipite vers elle pour la serrer dans ses bras.

Je ne vais pas mentir. Ça me fait mal que ma fille s'illumine comme un enfant le matin de Noël au premier signe de Paige.

Je veux que Nova me regarde comme ça, avec autant d'admiration.

Bon sang, je veux que Paige me regarde comme ça.

« Paige ! » Nova couine.

Mince.

Est-ce que cette journée pourrait être pire ?

Je m'approche de leur table à pas feutrés.

Nova s'est déjà installée dans la cabine avec Paige, comme si elle était chez elle.

Pourquoi ne le ferait-elle pas ? Mon enfant adore la nounou.

Sawyer prend une table à part, dos au mur pour pouvoir nous surveiller, nous et la porte.

« M. RiccI », dit sèchement Ariella et offre un faux sourire à mon approche.

La couleur revient lentement sur les joues de Paige. « Monsieur », elle s'adresse à moi. « Nous venons de terminer. »

« Ne vous pressez pas pour moI », dis-je.

Suis-je le moins du monde ravi qu'elle ait désobéi à un ordre direct ? Non, mais je ne vais pas faire une scène au café devant les clients, Ariella ou ma fille.

La priorité est de m'assurer qu'elle rentre saine et sauve à la maison avec moi.

Ariella jette un coup d'œil à son téléphone. « Je dois aller chercher les enfants. »

Je ne peux pas dire si c'est un mensonge, ou si elle doit partir, mais dans tous les cas, il est évident qu'elle est mal à l'aise et qu'elle cherche une excuse pour partir.

Ça me convient.

J'attends qu'elle sorte de la cabine avant de prendre sa place, en face de Paige.

« Je t'appellerai. Merci d'être venu déjeuner aujourd'huI », dit Paige.

Ariella se penche pour faire un câlin d'adieu à Paige et lui chuchote quelque chose à l'oreille.

Je ne peux pas entendre ce qui se dit dans le bruit de fond du café. Dommage.

Elles se disent au revoir et Ariella me fait un petit signe de la main avant de se précipiter vers la sortie. Je ne lui en veux pas. Je suis sur le point d'en découdre avec Paige, mais la seule chose qui me permet de rester un tant soit peu calme est que Nova a parlé.

Ma bouche est sèche, et elle est assise avec Paige, en train de colorier sur un napperon en papier. Paige a sorti des crayons de son sac à la minute où Nova s'est assise. Même en dehors des heures de travail, elle travaille toujours et est toujours attentive aux besoins de ma fille.

« Je sais que tu es en colère. » Paige ne tourne pas autour du pot, et j'apprécie ce fait avec elle. Contrairement à la plupart des gens avec qui j'ai travaillé dans le passé, elle est directe.

« Ce n'est pas le moment d'avoir cette discussion », dis-je en jetant un coup d'œil à Nova.

Paige frotte le dos de Nova qui gribouille surtout sur le papier, mais de temps en temps, le crayon tombe sur la table en bois.

« Ce n'est pas pour ça que tu t'es assise ? » demande Paige.

La serveuse débarrasse les plats de la table, et une autre équipe passe, essuyant et désinfectant la table.

« Nous sommes venus ici pour déjeuner. » Je me lève et prends un menu ainsi qu'un menu enfant pour Nova avant de retourner à la table.

Elle serre les lèvres l'une contre l'autre en formant une ligne. Elle tient sa langue, se retient de dire quelque chose, et essaie probablement de décider comment ne pas se faire virer. Bien qu'elle ait déjà essayé de démissionner.

Je ne vais pas la laisser partir.

Elle est trop importante pour Nova.

Je suis aussi un salaud égoïste et je ne veux pas qu'elle parte.

« Je sais que tu as déjà mangé, mais tu peux prendre un dessert. C'est moi qui offre. Ou si tu préfères rentrer chez toi, Sawyer peut te raccompagner. » Je fais un geste vers le garde assis de l'autre côté de l'allée, au cas où elle ne l'aurait pas remarqué.

Nova tire sur le bras de Paige et lui fait signe de se pencher. « Reste », murmure Nova un peu trop fort pour être considéré comme un murmure.

« Il me faut la carte des desserts », dit Paige à la serveuse qui s'arrête à la table.

« Tu t'es amusée aujourd'hui avec ton papa ? » demande Paige. Son attention est entièrement concentrée sur ma fille.

Nova arrête de gribouiller sur le papier pendant une seconde et hoche vigoureusement la tête. « Tu m'as manqué. »

Mon cœur se serre à l'aveu de Nova.

Paige serre Nova dans ses bras. « Tu m'as manqué aussi, mais je te promets que la prochaine fois que tu iras au musée des enfants, je viendrai avec toi. »

« Promesse de petit doigt ? » Nova tend son petit doigt.

Je ne veux pas la fixer, mais je ne peux pas m'en empêcher. C'est comme si j'écoutais aux portes un moment privé.

Paige lève les yeux vers moi avec un sourire timide. « Sur une échelle d'un à dix, à quel point es-tu en colère contre moi en ce moment ? »

Cela me prend au dépourvu. Je glousse dans mon souffle. « C'était un dix, mais vu comme tu es bon avec Nova, ça a baissé de façon significative. » Je n'aurais jamais cru qu'une femme puisse réchauffer mon cœur glacé.

Elle sourit effrontément. « Bien. Mon plan a marché. »

Elle me taquine. Je peux le voir dans la lueur dans ses yeux.

Paige est la personne la moins manipulatrice que je connaisse, mais elle est partie sans garde, ce qui me dérange toujours.

C'est seulement parce que je veux la protéger. L'idée qu'il lui arrive quoi que ce soit, que Vance s'en prenne ensuite à Paige parce qu'elle travaille pour la famille, ça me donne envie de vomir.

La serveuse passe à la table, et je commande un sandwich pour moi, des macaronis au fromage pour Nova, et Paige se prend une part de tarte au chocolat pour le dessert.

« Alors, Ariella et toi êtes amies ? » Je n'ai même pas pensé à ce qu'elle aurait pu vouloir faire ou à qui elle aurait aimé rendre visite pendant son jour de congé.

Je savais qu'elles s'étaient rencontrées au parc, mais j'espérais que leur relation s'arrêterait là.

Ses yeux se crispent. « Est-ce un problème ? »

« Non. Je n'ai aucun problème avec Ariella. » C'est son mari et sa bande de scouts, l'équipe Eagle Tactical, qui me dérangent. Ils ne sont pas une bande de saints comme tout le monde le pense.

« Ok. Avec qui as-tu un problème, parce que je suis une femme adulte et que je peux sortir avec qui je veux où sortir avec qui je veux ? »

Son attitude insolente m'a surpris, et le commentaire sur le fait de sortir avec qui elle veut me laisse l'estomac noué.

Elle n'a pas tort.

Paige n'est pas à moi.

« Tu sors avec Ariella ? » Je sais que ce n'est pas ce qu'elle veut dire, mais je veux qu'elle développe puisqu'elle en a parlé.

Elle s'ébroue et roule des yeux. « Non, mais tu ne peux pas m'enfermer dans ta maison jusqu'à ce que tu penses que je peux partir en toute sécurité. Selon tes critères, je ne serai jamais autorisée à sortir. »

Ce n'est pas vrai.

Mais elle a raison. J'ai été stricte avec elle, mais c'est parce que je m'inquiète pour son bien-être.

« As-tu un rendez-vous galant ? » J'ai besoin de savoir si elle a conversé avec quelqu'un en secret. Elle a le week-end entier de libre. A-t-elle prévu de rencontrer un inconnu ce soir ou demain ?

« Jalouse ? », plaisante-t-elle.

« Non », je réponds un peu trop vite.

Nova lève les yeux de son coloriage et retourne le papier puisqu'elle a colorié pratiquement chaque centimètre du set de table.

« On devrait sortir, juste tous les deux », je dis.

Mais d'où est-ce que ça vient ? Je devrais me taire.

Elle pince les lèvres, en y réfléchissant. Elle n'a pas dit un mot, ce qui me rend encore plus nerveux. Je ne suis sorti avec personne depuis des années. La dernière fille avec qui je suis sorti, j'ai fini par l'épouser, Serene.

« A moins que tu aies une aversion à sortir avec ton patron ? »

Le visage de Paige est aussi rouge que le crayon serré dans le poing de Nova. Est-ce de la colère ou de l'embarras ?

J'espère qu'elle n'est pas sur le point de me gifler pour avoir dépassé les bornes.

"JE N'AI PAS d'aversion pour sortir avec mon patron »,
dis-je, « mais j'admets que ce n'est probablement pas
une bonne idée. »

Il a l'air légèrement dépité.

« Mais je ne dis pas non », j'avoue. « Nous devons juste
prendre les choses lentement. D'accord ? » Je ne sais
même pas pourquoi il me demande de sortir avec lui.

Je lui plais, mais on dirait qu'il est toujours en deuil de
sa femme décédée. Je ne veux pas être sa fille de
rebond. Est-ce qu'on peut même rebondir après le
décès d'un conjoint ?

« La lenteur a du bon », dit Moreno.

La serveuse apporte à Nova une tasse de lait dans un gobelet en plastique, avec un couvercle et une paille, et à Moreno un verre d'eau. Elle remplit le mien avant de disparaître à nouveau dans la cuisine.

« Je vais organiser un rendez-vous rien que pour nous deux ce soir. »

« Ce soir ? » Je demande et attrape mon verre d'eau.

Il bouge vite.

« Je ne sors pas au premier rendez-vous », je préviens.

« Ne pas sortir quoi ? » Moreno demande innocemment.

La pièce se sent plusieurs degrés plus chauds, et je prends une autre gorgée de mon eau, essayant de refroidir et de se calmer.

« Tu es mignonne quand tu rougis. »

Je brosse une mèche de cheveux derrière mon oreille. C'est plus facile pour moi de concentrer mon attention sur Nova. C'est pourquoi je me suis jetée dans le travail autour de lui et parce que c'est aussi mon travail.

« Tu t'amuses à colorier ? » Je demande à Nova.

Elle laisse tomber son crayon et lève les yeux vers moi. « Tu n'as pas répondu à sa question. Qu'est-ce qu'on sort pour un rendez-vous ? »

Mes yeux s'écarquillent d'horreur. La petite Nova, qui a à peine dit un mot par-ci par-là ces derniers jours, a maintenant décidé que c'était le bon moment pour m'humilier !

Moreno a un sourire suffisant sur le visage. « Tu vas lui répondre ? »

« Nova, est-ce que ton papa t'a appris les oiseaux et les abeilles ? »

Ses yeux s'écarquillent et il m'interrompt avant que je ne puisse poursuivre la discussion sur le sujet.

Les oreilles de Moreno sont rouge vif. « Nova, mon chéri, ton déjeuner va être servi. Pourquoi ne poses-tu pas les crayons, et nous allons nous laver les mains dans la salle de bains ? »

Sans mot dire, elle repose le crayon sur la table et grimpe hors de la cabine, suivant son père jusqu'aux toilettes.

Je ne peux pas m'empêcher de sourire, satisfait d'avoir réussi à renverser la situation, même si je n'avais pas l'intention de parler de sexe à Nova. C'est à son père d'en discuter quand le moment sera venu. Je suis sa nounou, pas sa mère.

« Tu vas bien te comporter ? » Moreno me demande quand il retourne à la table.

Je me montre du doigt, faisant semblant d'être consternée par sa suggestion. « Moi ? »

« Oui, toi. Nova a au moins l'audace d'être bien disciplinée. » Les yeux de Moreno brillent derrière son apparence froide. Il y a un rictus au coin de ses lèvres. Il essaie de le cacher et de jouer le rôle du dur à cuire qu'il porte si bien.

C'est probablement naturel pour lui.

« Oui, je n'ai jamais fait d'études supérieures et je n'ai jamais eu de nounou pour m'apprendre tout ce qui concerne les oiseaux et les abeilles », dis-je en riant.

Moreno roule les yeux et gémit.

Nova grimpe sur mes genoux, décidant que c'est l'heure des câlins. « Paige, qu'est-ce que tu veux dire, les oiseaux et les abeilles ? »

« Oui, Paige, qu'est-ce que tu veux dire ? » Moreno demande, en inclinant sa tête. Il essaie de rester calme, mais ça ne va pas durer à ce rythme. Son visage est rouge, et je pense qu'il retient son rire parce qu'il doit savoir que je vais le torturer si je peux m'en sortir.

Il ne semble pas en colère, juste perturbé.

Bien.

C'est ce qui lui arrive pour m'avoir interrompu quand je déjeunais avec Ariella tout à l'heure. Eh bien, le déjeuner est terminé, mais quand même, la vengeance est un jeu équitable.

La serveuse apporte le déjeuner de Moreno et Nova et mon dessert à la table. Je replace doucement Nova sur la banquette à côté de moi pour qu'elle puisse manger.

Nova grimpe sur ses genoux et attrape la fourchette, poignardant ses macaronis au fromage.

Heureusement, la conversation est vite oubliée, même si je ne peux m'empêcher de remarquer qu'elle plante intentionnellement sa fourchette dans sa nourriture. C'est presque violent quand elle enroule son poing autour de son ustensile et poignarde la nouille.

« C'est toi qui lui as appris ça ? » Je demande, en soulevant doucement ma fourchette de la table alors que je coupe dans la tarte. De la vapeur s'échappe dans l'air, et j'attends quelques instants qu'elle refroidisse.

Moreno lève les yeux de son sandwich et observe les coups de couteau répétés de Nova sur son macaroni.

Il glousse et s'essuie le visage avec une serviette. « Non, je ne sais pas où elle a appris ça. »

« Probablement en regardant un de vos gardes. » C'est une blague, mais il ne rit pas.

Moreno me regarde fixement pendant une longue et dure seconde. Il baisse la voix, s'assurant que la conversation ne soit pas entendue par quelqu'un d'autre...

"On ne tue pas les gens au hasard », dit-il.

« Je le sais. » J'enfonce la fourchette avec une bouchée de tarte au chocolat dans ma bouche. C'est chaud et ça me brûle le palais, mais je ne veux pas parler de son travail. Je réalise qu'il travaille pour la mafia, qu'il a tué des gens, et bien que je trouve tout cela terrifiant, je ne vois pas le monstre.

Peut-être que j'ai des œillères.

« A-t-elle vu quelqu'un... » Je ne finis pas la phrase. Je la laisse en suspens, attendant qu'il réponde. Ce que je veux savoir, c'est si Nova a été témoin du meurtre de Serene ou de sa nounou. Je ne peux pas poser cette question devant Nova.

Nous ne devrions même pas avoir cette discussion dans un café, en public.

« Probablement, ouI », dit Moreno. « Nous pouvons en parler plus tard. Je vous dirai tout ce que vous voulez savoir, en privé. »

C'est la meilleure réponse que je puisse obtenir. « Merci. »

Bien que je veuille savoir ce qui est arrivé à sa femme et à la nounou précédente, je ne sais pas non plus comment je vais me sentir. Il est évident pour moi que Serene lui manque. Il est toujours amoureux d'elle. Sinon, pourquoi aurait-il été si en colère à propos de sa bague ?

Après qu'ils ont fini de déjeuner et que j'aie fini ma tarte, Moreno paie l'addition, et nous sortons, Sawyer nous suivant.

C'est gênant, comme si nous avions un chaperon. C'est comme ça que ça va se passer quand on sortira ensemble ? Il n'a amené personne avec nous cette nuit au club.

« Papa, une glace », dit Nova en désignant le marchand de glaces de l'autre côté de la rue.

« Je vais rentrer à la maison », je dis. J'ai déjà mangé le dessert, et même si j'aimerais leur tenir compagnie, le temps se couvre et une brise s'installe qui me donne froid dans le dos.

« Je lui ai promis une glace », dit Moreno.

En souriant, je fais un geste vers le magasin. « Tu lui as fait une promesse, et tu dois la tenir. » Je n'arrive pas à croire qu'elle veuille encore de la glace après l'énorme déjeuner qu'elle vient de prendre, mais la gamine en voudrait probablement aussi au milieu de l'hiver.

« Sawyer, raccompagne-la chez elle. Je reviendrai avec Nova après avoir mangé de la glace. »

Je n'ai pas besoin d'un garde du corps. « Ce n'est pas nécessaire. »

« J'insiste », dit Moreno. Son ton fait autorité.

Ce n'est pas que j'ai un problème avec Sawyer. Il a l'air d'un gars assez sympa, mais je n'ai pas envie de rentrer à la cabane avec lui et de devoir bavarder. Ou pire, un silence mort et gênant.

« Si quelqu'un a besoin d'une deuxième paire d'yeux et de quelqu'un qui surveille ses arrières, c'est toi. Si Nova est avec toi, c'est là que le garde doit être. » Il doit comprendre ce que je veux dire.

Il gagne du temps, mais il n'a pas l'air content. « Bien, mais tu retournes directement à la maison. »

« Oui », je dis. « Je vais rentrer et faire une sieste. »

« D'accord. » Il n'a pas l'air content, mais il m'a croisée après que je sois sortie en douce. C'était une coïncidence ?

J'en doute.

Connaissant Moreno, il a un garde du corps caché autour d'un arbre, et je ne l'ai pas repéré.

Je fais signe à Nova qui traverse la rue pour aller chez le marchand de glace pendant que je me dirige dans la direction opposée de ma voiture.

Au coin de la rue, je plonge la main dans mon sac pour en sortir mes clés et je me dirige vers ma voiture.

Les pneus crissent, et je lève les yeux pour voir un SUV noir s'arrêter brusquement à côté de mon véhicule.

Deux hommes armés de fusils bondissent hors du véhicule et m'attrapent avant que je puisse m'enfuir. « Tu viens avec nous », dit l'un d'eux. Il est petit et chauve, avec un énorme nez.

Je ne le reconnais pas.

Je ne reconnais aucun des deux hommes qui me poussent sur la banquette arrière. L'autre homme assis à l'arrière me donne la chair de poule.

« Vance », je chuchote, me souvenant de lui lors de notre précédente rencontre au club et de son embauche à l'agence.

« Je suis heureux de faire une impression durable."

34

MORENO

LA VOITURE de Paige n'est nulle part en vue. Sawyer nous ramène à l'enceinte, et je ne peux m'empêcher de ressentir un sentiment d'angoisse.

Quelque chose ne va pas.

J'ai envie d'exagérer, mais je n'arrive pas à comprendre pourquoi elle ne serait pas revenue alors qu'elle avait explicitement dit qu'elle revenait directement à l'enceinte.

J'ouvre la porte, je détache Nova de son siège et elle saute de son siège auto vers la porte d'entrée, inconsciente de mon inquiétude.

C'est probablement mieux ainsi.

Sawyer déverrouille la porte d'entrée et nous l'ouvre.

« Va dans la salle de jeux », dis-je à Nova en lui indiquant de faire ce que je lui demande.

Ses épaules s'affaissent. Elle traverse le couloir et se dirige vers la salle de jeux, hors de vue.

« Où est Paige ? » Rhys est le premier garde sur lequel je pose les yeux, à part Sawyer, qui est avec moi.

« Elle n'est pas là. »

« Comment ça, elle n'est pas là ? » ma voix gronde.

Ce n'est pas une réponse acceptable à ma question.

Je fixe Rhys, attendant une réponse.

« Elle n'est pas rentrée, monsieur. » Rhys a l'air terrifié.

Je veux avoir tort. Que je m'inquiète sans raison et qu'elle aille bien. Mais elle ne serait pas partie pour une autre aventure sans moi, n'est-ce pas ?

Je sors mon téléphone de ma poche et j'ouvre l'application de suivi, révélant que sa localisation est désactivée.

Merde.

Pourquoi son téléphone est éteint ?

Où diable est-elle ?

Tout en moi me dit que Vance DeLuca est responsable de sa disparition. Je veux avoir tort. J'espère que j'ai tort. Mais je sais au fond de moi qu'elle ne s'enfuirait pas. Pas encore.

———

Nikki, Luca, et Nova sont enfermés dans la chambre forte. On ne peut pas être sûrs que Vance ne se montrera pas avec Paige comme otage, en nous demandant des comptes.

Debout au-dessus du bureau de Dante, mes doigts agrippent le bord de la table en bois. Dante se tient en face de moi. Les capos, Sawyer, Caden, et Halsey, sont dans la pièce pour discuter de nos options.

Rhys monte la garde près de la porte d'entrée, au cas où quelqu'un se présenterait. Il nous prévient immédiatement si Paige entre, ou n'importe qui d'autre, sans être invité. Les gardes du poste ont également des ordres identiques.

Même si je soupçonne qu'on entendra des coups de feu avant que quelqu'un nous contacte par radio.

« A-t-on une idée de l'endroit où Vance a installé sa nouvelle base ? » Je demande.

Ce n'est pas un secret que Vance est revenu en ville. Son avertissement d'il y a quelques semaines n'a pas été oublié.

Sawyer pointe du doigt la carte étalée sur le bureau. « J'ai une surveillance qui place Vance dans cette zone, mais s'il est revenu à ses anciennes habitudes de trafic de femmes et d'enfants, son bureau ne sera pas au même endroit que la vente aux enchères. »

Mon estomac fait une culbute. J'avale la bile qui monte dans ma gorge. Je desserre ma cravate ; la pièce est étouffante.

« Ce qui signifie qu'il pourrait la retenir à l'un des deux endroits au moins », dit Dante. Son sourcil est serré.

« Que voulez-vous que nous fassions, patron ? » Sawyer demande. « Si nous sommes trop dispersés, nous risquons une embuscade ici, dans l'enceinte. »

« Ça ne risque pas d'arriver. Cet endroit est une forteresse », dit Dante. Sa voix est convaincante. S'il a une once d'inquiétude ou de doute, il ne le montre pas.

Ça fait partie de son travail, d'être le patron, de toujours devoir garder son calme.

Sawyer a raison, mais je ne veux pas suggérer de ne frapper qu'à un seul endroit. S'il y a une opportunité de la sauver, on doit la saisir.

« On y va avec deux équipes et on frappe les deux endroits. Notre but est de sauver Paige et d'éliminer Vance, mais si nous trouvons d'autres filles retenues contre leur volonté, vous avez l'ordre de les faire sortir. »

Dante n'est pas un saint, mais il en a certainement l'air comparé à Vance.

Sawyer pointe du doigt le plus proche des deux endroits, encore à plusieurs kilomètres, au milieu de nulle part. « Je crois que c'est l'endroit où les filles sont retenues pour le trafic. »

« Je vais diriger cette équipe », dis-je. Je ne peux pas rester là à attendre de savoir ce qui arrive à Paige. Elle compte trop pour moi, et si Vance ne l'a pas encore tuée, je ne peux que supposer qu'il a l'intention de la vendre au plus offrant.

Elle n'est pas juste une nounou. Elle a fait tellement pour ma fille et ma famille. Le moins que je puisse faire est d'essayer de la libérer de l'ennemi.

« Bien », dit Dante. « Je vais frapper le lieu de la vente aux enchères. Il est moins probable qu'elle soit là. Elle n'est partie que depuis quelques heures, et ils ont tendance à briser mentalement les filles avant de les vendre. »

Les images de Paige forcée de faire des choses pour des hommes au hasard brouillent ma vision. Je me précipite hors du bureau, incapable de respirer.

Je trébuche dans le couloir et ouvre la porte d'entrée, descendant de justesse la marche et me retrouvant sur l'herbe. L'air ne me rafraîchit pas assez vite. Je me penche, malade.

La faiblesse.

Je dois me ressaisir si je dois partir en mission pour sauver Paige et arrêter les hommes de DeLuca.

La nausée disparaît aussi vite qu'elle est apparue et est maintenant remplacée par une chaleur et une rage exaspérante. Je me précipite à l'intérieur, claquant la porte.

Rhys saute hors du chemin, effrayé.

En un clin d'œil, je suis de retour dans le bureau de Dante. « Armons-nous », je dis.

Je ne veux pas perdre une minute de plus à parler. Nous avons un plan. Nous savons où nous allons et qui est dans quelle équipe. Nous avons des radios pour communiquer les uns avec les autres avec tout ce que nous trouvons.

Bon ou mauvais.

« Rompez », dit Dante et fait signe aux capos de sortir de la pièce. « Moreno, un mot. »

Sawyer a fermé la porte en sortant, laissant Dante et moi seuls.

« Oui, patron. »

« Ne laisse pas Vance entrer dans ta tête », prévient-il.

Je grogne dans mon souffle. Vance est toujours là, la réalisation qu'il a assassiné ma femme, volé la mère de ma fille, et détruit ma famille.

Maintenant il a pris Paige.

« C'est trop tard pour ça, monsieur. » Je suis loin d'avoir la tête froide. A la minute où je vois Vance, je tire le coup fatal.

35

PAIGE

"C'EST gentil de vous joindre à nous », dit Vance.

La porte se ferme derrière moi. J'essaie la poignée, mais c'est une sécurité enfant.

Pourquoi est-ce que j'en attendrais moins d'un homme comme Vance ?

« Comme si j'avais le choix en la matière. » Ses gorilles m'ont sorti de la rue sous la menace d'une arme et m'ont poussé à l'arrière du SUV.

Le conducteur s'est envolé, loin du petit centre-ville de Breckenridge.

Vance attrape mon sac à main, baisse la vitre et le jette par la fenêtre.

« Hey ! » Je crie.

« Ton téléphone peut être tracé », dit Vance.

Il aurait pu simplement sortir mon téléphone, mais il a choisi de jeter tout mon sac, mon portefeuille et mon contenu intérieur dans la rue pour se faire écraser par le prochain véhicule qui passe.

Abruti.

« Qu'est-ce que vous voulez de moi ? » Je demande. S'il avait l'intention de me tuer, aurait-il pris la peine de m'attraper dans la rue d'abord ?

Je ne sais toujours pas ce qui est arrivé à Serene ou Laura. Ont-elles été torturées avant de mourir ?

Un frisson me parcourt le corps.

Les a-t-il tuées ou a-t-il demandé à ses hommes de main de le faire ? Moreno pourrait-il se tromper ?

Vance tend la main pour me caresser la joue. « Je veux juste m'amuser un peu. Ne t'inquiète pas, princesse. »

Je me retire. Il n'y a nulle part pour moi où aller.

« Je ne suis pas ta princesse », je lui grogne dessus. Il ferait mieux de ne pas poser ses sales pattes sur moi.

Je suis dos à la fenêtre du SUV. La poignée de la porte ne s'ouvre pas. Je peux essayer de baisser la vitre et de me jeter à travers la vitre ouverte, mais le conducteur prend de la vitesse, et je doute que je puisse faire plus de la moitié du chemin avant que Vance ne m'attrape et me traîne à l'intérieur.

Et cela suppose que je puisse ouvrir la fenêtre.

Comme nous nous éloignons de Breckenridge, il y a moins de véhicules sur la route.

J'aurais dû tenir compte de l'avertissement de Moreno et prendre Sawyer avec moi. Au moins alors, j'aurais eu une chance de me battre.

Et si Vance s'en était pris à Moreno et Nova si Sawyer m'avait protégé ?

Vance se penche et tous les poils de mon corps se hérissent.

Un avertissement que ma vie est en danger.

Sans blague.

Mon cœur bat contre ma cage thoracique, me rappelant que je suis piégé, mais finalement, le véhicule devra s'arrêter, et quand quelqu'un ouvrira la porte arrière, je courrai.

« J'aime un peu de mordant chez une fille », dit Vance. Il ne sourit pas. Je doute qu'il ait déjà souri dans sa vie.

Il attrape une poignée de mes cheveux et rapproche mon visage.

Je ravale ma peur. Je ne me prosternerai pas devant lui. Il aime probablement regarder les femmes supplier pour leur vie.

« Que veux-tu de moi ? » Je lui demande pour la deuxième fois.

« Intelligente et jolie. Une combinaison rare », dit Vance. « J'ai une proposition pour vous. »

« Non. » Ma réponse arrive avant même que je puisse entendre ou penser à son offre. Peu importe ce que c'est, ce ne sera pas bon.

« Personne ne dit non à Don DeLuca. » Vance attrape mon cou et me tire assez près pour m'embrasser.

J'ai du mal à respirer à cause de la peur. Son haleine est putride. Son odeur corporelle me brûle les narines. Son odeur me donne envie de vomir.

S'il essaie de m'embrasser, je lui mordrai la bouche.

« J'ai l'intention de faire tomber Moreno, et je veux votre aide. Tu vas m'aider, princesse. »

A-t-il perdu la tête ? « Pourquoi est-ce que je t'aiderais ? »

Il doit être fou pour penser que je vais trahir Moreno.

« Parce que si tu ne le fais pas, je vais m'en prendre à la petite fille, la violer, la tuer, et Moreno ne te pardonnera jamais quand il découvrira que tout est de ta faute. Tu as travaillé pour moi depuis le début. Tu te souviens ? »

« Tu es un monstre », je sanglote entre mes dents serrées.

Vance relâche sa prise sur moi, mais j'ai l'impression de suffoquer à l'arrière du véhicule.

Moreno ne me blâmerait pas. N'est-ce pas ? J'aurais dû dire la vérité sur l'agence, que Vance dirigeait l'opération.

Mais je ne peux pas le laisser blesser Nova.

« Tu ne la toucheras pas », je dis. « Seul un lâche ferait du mal à un enfant, et encore moins le menacerait. »

Vance me donne un coup de poing dans le visage. « Attention aux noms que tu donnes, princesse. »

La piqûre me brûle et me fait monter les larmes aux yeux. Je ne veux pas pleurer, surtout pas devant lui, mais la douleur est aussi forte que le traumatisme émotionnel de ses mots.

L'image de Nova appelant à l'aide, suppliant Vance de la laisser partir, me terrifie.

Je ne peux pas laisser quoi que ce soit arriver à Nova.

« Si vous touchez ne serait-ce qu'à un cheveu de cette enfant, je vous tuerai moi-même. »

Vance et les autres hommes dans le véhicule rient de ma menace.

« Je ne la toucherai pas si vous faites exactement ce que je dis. »

Je crains de demander ce qu'il veut que je fasse. Bien que je ne veuille pas faire de mal à Moreno, je ne peux pas non plus laisser quelque chose arriver à Nova. Je ne pourrai jamais vivre avec moi-même s'il touche ne serait-ce qu'à un cheveu de cette enfant.

Vance prend mon silence pour une acceptation.

Quoi qu'il veuille de moi, cela impliquera une trahison.

Moreno ne me pardonnera jamais.

————

Il ne me dit pas son plan, ce qu'il attend de moi pour l'aider. J'attends que l'ancre qui pèse sur mon estomac disparaisse.

À ce rythme, elle ne disparaîtra jamais. Je me noie et Vance va m'entraîner dans sa chute.

Je jette un coup d'œil par la fenêtre latérale, reconnaissant la route que nous prenons. C'est une route secondaire à travers la forêt, et si je ne me trompe pas, ce n'est qu'à quelques kilomètres de la cabane où je suis resté avec la famille Ricci.

Le SUV s'arrête brusquement.

« Un de nos hommes est à l'intérieur, il travaille pour nous. » Vance me fixe d'un air sinistre. « Il va te surveiller. »

Je ne suis pas sûr de le croire ou non.

Il n'y a aucune preuve que quelqu'un travaille pour Vance, sauf pour mon enlèvement. Est-il possible qu'il ait su que j'étais seule aujourd'hui ? Mais alors pourquoi me prendre après le déjeuner et pas avant ?

Je vais devoir faire attention.

« Votre employeur ne sera plus là très longtemps. Disons juste que la fumée va l'atteindre. »

C'est un jeu pour lui ? Une devinette ? Parle-t-il du feu que Nova a allumé ou d'un autre feu à venir ?

La bile me monte à la gorge. « Qu'est-ce que tu attends de moi ? » Je demande.

Il veut que je fasse quelque chose. Il ne me dit pas ça par bonté d'âme. Je doute que cet homme ait autre chose qu'un cœur de pierre.

« Si tu veux sauver cette petite fille, tu ferais mieux de t'éloigner rapidement. »

Il veut que j'enlève l'enfant de sa maison ?

Est-il fou ?

« Boom ! », crie-t-il, les mains en poings puis s'ouvrant rapidement comme une explosion. « Les Ricci vont brûler, ainsi que tous ceux qui sont à l'intérieur. »

La porte s'ouvre sur le véhicule. Mon cœur bat la chamade dans ma poitrine. J'ouvre la porte de la voiture et je me précipite dehors avant qu'ils ne puissent m'attraper.

Est-ce qu'ils me laissent partir ?

Je ne regarde pas derrière moi alors que je m'enfonce dans la forêt pour m'échapper.

Je n'entends que des rires profonds et des cris. « Cours, princesse !"

36

MORENO

JE DIRIGE L'ÉQUIPE, avec Sawyer, Caden, et six autres soldats derrière moi. Nous n'avons pas de surveillance active ni d'audio.

C'est risqué, d'y aller à l'aveugle, mais nous devons trouver Paige.

Je ne laisserai rien lui arriver.

Le talkie-walkie est attaché à ma ceinture. Il n'y a eu qu'un silence radio.

Mon téléphone portable n'a pas sonné non plus.

Bien que le signal soit fort à notre emplacement actuel et qu'il y ait une tour de téléphonie mobile à proximité, il n'y a eu aucune réponse, ce qui signifie aucune nouvelle.

Paige est toujours portée disparue. Elle est dehors, retenue par Vance contre sa volonté. Je ne peux qu'imaginer tous les actes terribles qu'il lui fait subir, et ça me retourne l'estomac.

S'il voulait la tuer, il ne se serait pas gêné et l'aurait assassinée en plein jour, comme il l'a fait pour ma femme, Serene.

Vance est un monstre. Il s'en prend à ce qui compte le plus pour moi, la famille.

Pourquoi moi ? Pourquoi ma famille ? Non pas que je veuille que quelque chose arrive à Luca ou Nikki, mais sa fascination à me torturer doit cesser.

Nous éliminons les gardes en premier, à l'entrée de leur cachette. Deux gardes contre neuf d'entre nous, il n'y a pas de problème pour entrer par les portes principales, bien que nous soyons trop zélés avec les balles, tirant plusieurs balles dans chaque garde.

Une fois la porte franchie, nous nous précipitons vers la porte principale du bâtiment en briques. Ce n'est pas l'endroit où ils avaient l'habitude de loger les filles. Il est de construction récente mais ne présente pas le niveau de sécurité que l'on pourrait attendre d'une opération de trafic.

Où sont les gardes supplémentaires dans le périmètre ?

« Continuez à avancer », j'ordonne à mes hommes de se diriger vers l'intérieur de l'installation. Le temps ne joue pas en notre faveur.

L'éruption des coups de feu a dû être remarquée. Leurs hommes sont probablement en train de s'armer et de se préparer pour nous.

Caden tire sur la poignée de la porte, nous permettant d'entrer à l'intérieur. Lui et deux de ses soldats entrent en premier, balayant la zone, tirant sur toute personne considérée comme une menace.

Des cris de femme résonnent en bas.

Les planches du plancher grincent et sifflent, rebondissant lorsque nous marchons. Chaque pas est hallucinant. Il est évident qu'il y a un sous-sol, un bunker, une sorte de prison souterraine en dessous.

Nous n'avons pas encore trouvé la porte.

Il y a trop d'hommes de Vance armés qui nous tirent dessus et nous tirons en retour.

Un feu d'artifice de coups de feu se brise l'un après l'autre.

Le sang gicle alors que nous tuons quatre hommes.

Quatre.

C'est trop peu pour garder un complexe de cette ampleur.

Des voix de femmes crient et hurlent sous nos pieds.

« Paige ! » Je ne reconnais pas sa voix parmi les femmes qui crient à l'aide, qui supplient pour la sécurité et la liberté.

Je donne un coup de pied à l'arme d'un des hommes morts.

« Il y a quelque chose qui cloche », je dis, en jetant un coup d'œil à Sawyer.

Caden rebondit sur les planches du plancher qui ont trop de jeu. Il se baisse et ouvre d'un coup de poing l'une des lattes de bois.

« Allô ? » Caden se penche encore plus bas et appelle à l'aide là où le son des voix a résonné.

Je me penche et tire deux autres planches avec lui. « Donnez-nous un coup de main ! »

Sawyer et un autre soldat détachent les planches, une par une, pour trouver quatre femmes piégées dans l'obscurité, couvertes de saleté et de crasse.

« Paige ? » Je ne vois aucun signe d'elle.

« Monsieur », dit un jeune garde, Giovanni. Sa voix contient un soupçon de frémissement.

« Qu'est-ce que c'est ? » Je ne regarde même pas par-dessus mon épaule. Nous arrachons les dernières planches du plancher pour sortir les filles de leur prison.

On n'a pas le temps de se tourner les pouces. À tout moment, d'autres renforts pourraient arriver, et on doit encore localiser Paige.

« Il y a une bombe. »

J'ai l'estomac noué. Aucun d'entre nous ne sait comment désassembler une bombe. « Elle a une minuterie ? » Je demande à Giovanni.

Mon attention reste sur la blonde sous les planches. Je m'allonge sur le plancher en bois et tend les bras pour la tirer vers le haut. Sawyer fait de même pour aider la plus jeune fille qui ne doit pas avoir plus de douze ans.

Qu'est-ce qui ne va pas chez Vance ?

Pourquoi enlèverait-il une enfant de chez elle ?

Je connais la réponse, et la bile me monte à la gorge rien qu'en pensant au monstre qu'il est, qui vend des femmes et des enfants pour les marier.

C'est dégoûtant.

« Oui. Il y a une minute et trente-cinq secondes, monsieur. » Il commence le compte à rebours.

Caden tire une autre fille, d'une vingtaine d'années, de sous le sol.

Il ne reste plus qu'une fille.

« Sortez d'ici ! » J'exige.

La petite fille reste là, à trembler sous le choc. Sawyer la soulève et la porte par la porte d'entrée.

« Donne-moi ta main. » Je ne veux pas laisser la dernière fille derrière moi. Peu importe que nous manquions de temps.

« Je ne peux pas. Sauve-toi », dit-elle.

Je m'effondre sur le sol et je tends mes bras pour l'aider à se relever. Il est clair que son bras est déjà disloqué, et c'est pourquoi elle hésite à utiliser son bras pour me laisser la soulever.

C'est une lutte pour la soulever, sans parler de la bombe qui se trouve à quelques mètres d'elle.

Dès que je l'ai soulevée, nous partons dans le même sens que je suis entré, en direction de la porte ouverte.

Boom !

37

PAIGE

JE TRAVERSE la forêt en toute hâte. Je ne suis pas le moins du monde prudent. Les branches raclent mes bras et mes jambes. J'ignore la piqûre. Ce n'est rien comparé à mon pouls qui bat si fort que je pense devenir sourd.

Il y a du bruit au loin derrière moi.

Les hommes de Vance me rattrapent.

Leurs voix sont étouffées, mais ils me suivent.

Pourquoi m'ont-ils laissé partir s'ils avaient l'intention de me traquer ? Est-ce un jeu pour Vance ? Me laisser croire que j'ai gagné ma liberté, pour ensuite la reprendre ?

Que voulaient-ils dire par « boom » ?

Des dizaines de questions se bousculent dans ma tête alors que je continue à avancer dans la forêt et que je refuse de ralentir mon rythme.

Ont-ils posé une bombe ? S'ils l'ont fait, je dois prévenir Moreno et les autres. Mais qui travaille avec les DeLucas ?

Je ne connais pas assez les gardes pour savoir si l'un d'entre eux trahirait Moreno. Dante ne serait jamais la balance. C'est le patron et il est marié à Nikki. Je ne peux pas imaginer qu'elle puisse travailler pour Vance, bien qu'elle fasse partie de leur famille.

Au moins à un moment donné.

Est-ce qu'elle jouait avec Dante et Moreno ?

Bien que j'en doute, je ne peux pas non plus prendre le risque qu'elle ou quelqu'un d'autre fasse du mal à Nova.

La plante de mes pieds palpite alors que je m'approche de la barrière métallique qui entoure le périmètre. Je ne suis pas à la porte, alors je me dépêche de suivre la clôture jusqu'à ce que j'atteigne le poste de garde à l'entrée.

Je suis essoufflée, mon cœur martèle dans ma poitrine.

« Paige », la voix de Leone est comme de la musique à mes oreilles.

Sécurité.

Sécurité.

Protection.

Je dois aller à Nova pour la protéger et prévenir les autres de Vance.

« Je dois parler à Moreno », je dis. Je dois avoir l'air aussi sale et dégoûtant que je me sens. Je suis couvert de sueur à force de courir. Mes pieds me font mal, ma peau est éraflée et ensanglantée.

Leone déverrouille le portail, et les portes métalliques grincent en s'ouvrant.

« Vance n'est pas loin derrière », je préviens le garde. « Je me suis échappé et j'ai couru à travers la forêt, mais je suis sûr qu'ils me suivaient. Certains des hommes étaient à pied, d'autres étaient dans un SUV noir. »

Ils ne m'ont pas arraché à la ville pour me faire une balade et menacer la famille. Il y a plus que Vance. C'est un meurtrier et un monstre.

« Rentre à l'intérieur », dit Leone en désignant la cabane.

« Où est Nova ? » Est-ce qu'elle va bien ?

« Nova est dans la panic room avec Nikki et Luca. Tu devrais y aller toi aussi. Allez-y ! » Leone crie.

Il n'a pas l'air content que je reste là à poser des questions alors que je lui ai dit que Vance et les autres sont en chemin.

Je me précipite à l'intérieur du bâtiment. Leone appelle quelqu'un sur son talkie-walkie, mais je n'entends pas ce qui se dit.

Je suis dans un sale état, et normalement j'aurais enlevé mes chaussures avant d'entrer dans la cabine, surtout après avoir piétiné dans la forêt, mais ma principale préoccupation en ce moment est Nova.

Si ce à quoi Vance a fait allusion est vrai et qu'il y a une bombe quelque part dans la maison, je ne peux pas laisser quoi que ce soit arriver à Nova.

Je monte les escaliers jusqu'à la panic room.

Je n'ai pas le code. « Nikki ! » Je sais où est la porte et je frappe plusieurs fois. Elle peut me voir depuis une caméra si elle veut s'assurer que je suis seul.

Le verrou clique et la porte s'ouvre lentement. Nikki l'a déverrouillée pour moi.

Elle me fait confiance.

Pourquoi ne le ferait-elle pas ?

« C'est fini ? » Nikki demande, en me regardant de haut en bas, ses sourcils se froncent à mon apparence.

Je rentre en trombe dans la panic room, et Nova se précipite vers moi, jetant ses bras autour de moi alors que je me penche pour la soulever.

« Je dois y aller », dis-je en portant Nova hors de la panic room et dans le couloir.

« Où est-ce que tu vas ? Où sont Moreno et Dante ? Ils sont déjà rentrés ? » demande Nikki.

Bruno, l'un des gardes que je connais le moins, pose ses yeux sur Nova et moi. Je suis prudent avec mes mots. Et s'il travaille pour Vance ?

Je ne peux pas prévenir Nikki. Je peux seulement espérer qu'elle retourne à la panic room et qu'elle soit ignifugée.

« Ils sont sur le chemin du retour », je dis. C'est un mensonge facile. Elle a aidé à le mettre en place en me disant qu'ils étaient partis.

Je n'ai aucune idée de quand l'un des hommes va revenir. Je suppose qu'ils essaient de me localiser, mais Vance semble avoir une longueur d'avance sur nous.

Je me précipite dans la cage d'escalier jusqu'à la porte.

« Où emmènes-tu Nova ? » Nikki demande. Son ton est beaucoup plus insistant.

« Je dois l'emmener dans un endroit sûr. Retourne dans la panic room », j'instruis.

« Mais tu as dit que Dante et Moreno étaient sur le chemin du retour. Comment es-tu arrivée ici ? » Nikki a écarquillé les yeux, et elle a attrapé Luca, le poussant derrière elle alors que la porte d'entrée s'ouvrait.

« Paige, NikkI », dit Vance avec un sourire malin. « C'est tellement agréable de vous revoir tous les deux. » Il tient la porte ouverte et me fait signe d'emmener Nova dehors.

Je prends les clés qui sont sur la porte. Ce n'est pas ma voiture, la mienne est encore en ville, mais je prendrai tout ce qui me tombe sous la main qui démarre.

J'appuie sur le bouton de déverrouillage et le SUV quelques mètres plus bas fait clignoter ses phares lorsque je déverrouille le véhicule. Je me dépêche avec Nova, en ouvrant la porte arrière.

Il n'y a pas de siège auto.

C'est une urgence. Je l'attache sur le siège du milieu et prie pour que je n'aie pas d'accident.

Je claque la porte et me précipite à l'avant, en me glissant dans le siège du conducteur. Je démarre le moteur et mets le SUV en marche arrière, en le mettant au plancher. Je fais demi-tour, passe la vitesse en marche avant et me dirige vers les portes principales.

Leone me laissera-t-il passer par l'entrée principale ?

À mon approche, les portes sont grandes ouvertes, la tour de garde est vide.

Où est Leone ?

Est-il mort ?

Travaille-t-il pour Vance ? C'est comme ça que Vance a pu contourner la sécurité ?

Un frisson me parcourt le corps.

J'appuie sur l'accélérateur et refuse de regarder en arrière.

« Où est-ce qu'on va ? » demande Nova.

C'est la première fois que son silence me manque.

38

MORENO

MES OREILLES BOURDONNENT.

Tout me fait mal.

Mais je suis toujours en vie.

L'onde de choc nous projette contre le sol. La chaleur du feu de l'explosion se propage derrière nous alors que le bâtiment n'est plus que cendres.

« Paige », je chuchote.

Où est-elle ?

Je devrais être soulagée qu'elle ne soit pas dans le bâtiment, mais nous n'avons pas eu le temps de fouiller chaque pièce ou étage de haut en bas avant l'explosion. Nous étions concentrés sur le sauvetage des filles qui appelaient à l'aide.

Ma radio est grillée. Mon téléphone est mort.

L'explosion a détruit mon équipement, mais le téléphone de Sawyer semble fonctionner. Il communique avec quelqu'un, mais tout ce que j'entends, c'est un bourdonnement dans mes oreilles.

J'ai l'impression de crier quand je parle.

« Paige ? »

J'ai besoin de savoir qu'elle va bien.

Il hoche lentement la tête, et je peux le voir dire le mot « ouI », mais c'est tout ce que je peux comprendre.

———

Nous avons pris trois véhicules pour notre mission. Les soldats ont roulé ensemble dans un SUV.

Sawyer est reparti avec les filles et les a déposées au poste de police. Nous voulons leur apporter de l'aide mais nous ne voulons pas non plus nous impliquer davantage et que la police nous pose des questions.

Caden et moi retournons directement à l'enceinte.

Paige est là.

Ou était là ?

Je n'arrive pas à comprendre ce qui a été dit, seulement que je dois y retourner immédiatement.

Mon estomac se noue alors que nous approchons. Le portail est grand ouvert.

Leone s'occupait de la porte. Pourquoi diable n'est-il pas fermé ? Où diable est-il ?

La cabine est vide. Il n'y a aucun signe de lui, seulement une tache de sang.

« Ça n'a pas l'air bon », dit Caden.

Sans blague.

Il y a trois véhicules que je ne reconnais pas garés devant notre enceinte.

Vance et ses hommes.

C'est la seule explication qui a du sens. Il nous a emmenés pour conquérir notre maison, notre château.

Il en a après Nikki ? Luca ?

Il a déjà attrapé Paige, mais elle était de retour au complexe. C'est ce que disait le message qui nous a été remis.

Sauf s'ils ont menti et voulaient qu'on revienne.

« Donne-moi ton téléphone. » On doit mettre la main sur Dante. Je ne vois pas son véhicule, ce qui signifie qu'il n'est pas encore rentré.

Vance nous avait tendu un piège avec la bombe. Qui sait quel danger Dante a pu courir sur le lieu de la vente aux enchères.

Auraient-ils déclenché une deuxième bombe ?

————

Caden parvient à joindre Dante. Il est déjà sur le chemin du retour vers l'enceinte avec Rhys, Halsey et plusieurs soldats qui les accompagnaient.

En quelques minutes, Dante franchit les portes juste derrière nous. Nous nous tenons à l'extérieur, prenant des armes dans le coffre, nous assurant que nous sommes entièrement armés et préparés pour tout ce qui nous attend.

Nous nous précipitons à l'intérieur de l'enceinte par la porte d'entrée.

Dante mène l'assaut. Tous les deux, nous éliminons plusieurs gardes en entrant dans les locaux. Sawyer et Caden sont sur nos talons, surveillant nos arrières alors que nous nous étirons dans le couloir.

La fusillade ne fait que commencer.

De l'intérieur du bureau, la voix graveleuse de Vance porte dans le couloir.

Nos soldats sécurisent le reste de la maison. Dante, Sawyer, Rhys, et moi nous dirigeons vers le bureau.

Dante mène, et je suis juste sur ses talons.

« Bien, bien, bien », dit Vance. Il s'assied avec ses pieds sur le bureau de Dante, s'inclinant dans le fauteuil en cuir. « Regardez qui a décidé de nous rendre enfin visite. »

Il y a deux gardes immédiatement à l'intérieur de la porte, Marco et Rafael, et quatre autres derrière Vance que je ne reconnais pas.

« Armes à feu sur le sol, les gars », dit Vance.

« C'est ma maison. Enlevez vos pieds de mon putain de bureau et votre cul de ma chaise », grogne Dante.

Mon arme est dégainée, pointée sur Vance. Je sais qu'à la minute où j'appuierai sur la gâchette, ce sera un bain de sang.

Vance enlève ses pieds du bureau mais ne se lève pas de son siège. « Ce n'est pas une façon de parler aux invités. »

« Vous n'êtes pas un invité. Tu es de la vermine », je dis.

Pourquoi il est là ? Qu'est-ce qu'il veut ?

« Vous ne toucherez jamais NikkI », dit Dante. Il garde son arme pointée sur Vance.

« Tu crois que je la veux encore ? Son père est mort. Si elle avait été là, j'aurais dû la combattre pour le trône », dit Vance. « Au lieu de cela, la famille est à moi, et je contrôle tout ça. » Il écrase ses mains ensemble sur le bureau.

« Pourquoi êtes-vous ici ? Où est Paige ? » Je fais tout ce que je peux pour ne pas me jeter sur lui, enrouler mes mains autour de son cou et l'étrangler.

« Paige est partie avec votre fille », dit Vance avec un sourire en coin. « Elle a kidnappé votre petite étoile. »

Je ravale la boule dans ma gorge.

Il ment.

Paige n'aurait jamais kidnappé Nova.

« Qu'est-ce que tu veux ? » Je fulmine entre mes dents serrées.

« Rien de plus que de te voir souffrir. » Vance prend plaisir à ma douleur.

Je veux prétendre que ça ne me dérange pas, mais Nova est ma chair et mon sang, ma famille.

L'abandonner n'est pas dans mon ADN. « Pourquoi ? »
Je demande.

La colère m'envahit, et je passe devant les gardes,
enfonçant le canon de mon arme sous le menton de
Vance, le pointant vers le haut.

Tout ce qu'il a fait, c'est me faire souffrir.

Deux hommes sont sur moi, un pistolet dans mon dos,
l'autre sur ma tête. Rien de tout cela n'a d'importance.

J'ai besoin de réponses. « Pourquoi avez-vous tué ma
femme ? »

« Lâche ton arme, Moreno », dit Rafael.

Je l'ignore. « Réponds-moi ! » Je demande à Vance.

« Serene travaillait pour moi. Je l'ai engagée pour
infiltrer ta famille, te détruire de l'intérieur. Je l'ai payée
pour t'épouser. » L'air suffisant sur son visage me fait
bouillir le sang.

Mensonges.

« Je ne te crois pas. » Qu'est-ce qu'il va dire ensuite, qu'il
a engagé Paige pour faire semblant d'être une nounou ?

« J'ai tué Serene parce qu'elle était censée t'abandonner
et m'amener Nova. Quand elle a refusé, j'ai tiré sur sa
nounou en guise d'avertissement, et quand elle n'est
pas venue avec moi, je me suis occupé du problème. Je

ne veux pas de ta gamine. Je voulais seulement te faire du mal. Heureusement que Paige est une bonne auditrice. »

« Sors de ma maison », fulmine Dante.

Des coups de feu éclatent à l'étage.

Vance n'a même pas cligné des yeux au son. Que ce soit ses hommes sous le feu ou en train de tuer, ça ne semble pas le perturber.

« Tu ferais mieux de ranger ça », dit Vance en faisant référence à l'arme placée sous son menton. « En supposant que tu veuilles revoir ta fille. »

« Où est Nova ? »

« Tu n'écoutes pas », dit Vance. « Je te l'ai dit, elle est avec Paige, loin d'ici. » Ses yeux pétillent d'humour.

Je ravale la bile qui monte dans ma gorge.

Non.

Il ment.

« Sortez de ma maison ! » La voix de Dante résonne dans toute la pièce.

Vance lève les mains en signe de reddition et se lève lentement.

Ce ne sont que des jeux d'esprit pour lui, de la manipulation, il se fout de nous par tous les moyens pour nous torturer. Je fais tout ce qui est en moi pour baisser mon arme et ne pas le tuer de sang-froid.

Il a tué Serene mais si je le tue, je ne verrai peut-être jamais ma fille.

39

PAIGE

"OÙ EST PAPA ? » Nova demande. Elle continue ses questions, attachée à la banquette arrière, sautillant dans tous les sens, ne voulant pas rester assise.

Je ne lui en veux pas. Cette fille a vécu beaucoup de choses en si peu de temps.

Je dois protéger Nova, mais je ne sais pas comment. S'enfuir semble être une idée dangereuse. Je n'essaie pas de kidnapper la fille de Moreno.

Je veux la protéger.

Le seul moyen que je connaisse est de me cacher à la vue de tous.

Je n'ai pas mon téléphone, mais je me souviens de l'adresse qu'Ariella m'a donnée et de l'emplacement de sa maison.

En m'arrêtant dans l'allée, je coupe le moteur et ouvre la porte arrière pour aider Nova à sortir du SUV.

« Où sommes-nous ? » Nova demande.

Je n'ai pas répondu à ses questions. Je ne sais pas comment faire sans l'effrayer. « Nous allons à un rendez-vous surprise », dis-je. « Tu te souviens d'Ariella du déjeuner ? »

Nova acquiesce et s'accroche à ma main.

Je suis sale et couvert de crasse. J'ai besoin d'une douche, mais ça n'a pas d'importance pour l'instant. Je frappe avec force à la porte d'entrée et j'attends que quelqu'un réponde.

Avec un peu de chance, Ariella est à la maison. Il y avait une voiture devant.

La serrure s'enclenche et coulisse et un moment plus tard, elle ouvre la porte en me regardant fixement.

« Tu vas bien ? » Ariella demande.

Un regard sur moi, et elle peut sentir le danger.

« Qui est à la porte ? » La voix de Jaxson passe de la cuisine au foyer.

« Entrez », dit Ariella, en nous faisant entrer dans la maison. Elle jette un coup d'œil devant nous, cherchant manifestement le danger qui doit nous suivre. Elle verrouille la porte derrière nous et arme l'alarme.

« MercI », je dis.

« Jaxson, c'est la nouvelle nounou dont je te disais que je me suis liée d'amitié avec elle au parc, Paige. »

Jaxson ferme l'évier de la cuisine et se précipite pour nous accueillir.

« Paige », dit-il en me regardant de haut en bas.

« Je te promets que je ne vais pas rester longtemps. J'ai juste besoin d'un endroit pour garder Nova en sécurité. »

« Le poste de police est généralement l'endroit approprié. Si quelque chose est arrivé à Moreno ou à la famille et que ta vie est en danger... »

« Ce n'est pas ça », je dis et je lève la main. « Peut-être que nous devrions avoir cette discussion en privé. » Je ne veux pas effrayer Nova plus qu'elle ne l'a déjà été après ce qui s'est passé aujourd'hui.

Jaxson fait un signe de tête ferme. « Bonne idée. Ariella va garder un œil sur Nova et lui apporter quelque chose à manger pendant que nous discutons. »

Il me fait signe de le suivre à travers la cuisine vers une chambre arrière.

Jaxson ferme la porte derrière moi avec un bruit sourd.

Je sursaute en entendant le bruit. Je suis encore sur les nerfs après tout ce qui s'est passé aujourd'hui.

« Ariella m'a déjà dit que tu travaillais pour les Ricci. »

Je l'avais supposé quand il a parlé de Moreno. « Oui, mais ils ne sont pas le problème. Connaissez-vous un homme du nom de Vance DeLuca ? » J'expire un gros soupir.

Ma poitrine est lourde. Tout ce qui est à l'intérieur de moi me fait mal.

Le simple fait d'être hors de vue de Nova me met dans tous mes états, mais je fais confiance à Ariella.

« Je le connais », dit Jaxson. Il croise ses bras sur sa poitrine. « Qu'est-ce qui se passe, Paige ? »

« Vance m'a attrapée dans la rue cet après-midi alors que je me dirigeais vers ma voiture. Il m'a kidnappée, menacée, et m'a dit que si je ne l'aidais pas, il ferait du mal à Nova. Ensuite, il m'a laissé entendre qu'il allait faire exploser la maison des Ricci, alors j'ai attrapé Nova pour la protéger. »

Le visage de Jaxson est ferme.

Je ne peux pas dire s'il me croit ou s'il pense que je suis folle.

« Je ne peux pas laisser quoi que ce soit arriver à cette petite fille », je l'implore de m'aider. Il doit comprendre. C'est un père.

« Et tu as dit à Moreno que tu as pris sa fille ? » Jaxson demande. Son ton est calme, mais je peux voir les rouages qui tournent dans sa tête.

« Eh bien, non. Il n'était pas à la maison. Et je n'ai pas pu laisser de mot. Vance est entré par effraction à la minute où j'ai réussi à descendre avec Nova. Ça semble mauvais, et je comprends. Nikki pense probablement que j'ai kidnappé Nova. »

« Tu l'as kidnappée. » Jaxson se pince l'arête du nez.

« Non, ce n'était pas ça. » Il doit voir ça de mon point de vue, la vie de Nova était en danger, et j'ai fait tout ce que je pouvais pour la protéger en la sortant de cette maison et en la sauvant d'une explosion que Vance a l'intention de déclencher.

« Moreno va venir te chercher. »

Je n'en attendais pas moins de lui. Il aime sa fille, et il n'arrêtera pas jusqu'à ce qu'il la trouve.

« Je sais, et c'est pourquoi j'ai besoin de toi pour la garder en sécurité. Si je reste, je ne sais pas ce qu'il me fera. »

Les mots s'entrechoquent dans ma tête, *prince de la mafia*, et un frisson parcourt ma colonne vertébrale.

Moreno ne m'a jamais fait de mal, mais s'il pense que je l'ai trahi, ma vie est encore plus en danger...

40

MORENO

MON CŒUR BAT fort contre ma cage thoracique. J'ai l'impression qu'il va éclater dans ma poitrine alors que la sueur recouvre mon front.

« Où est Nova ? » J'ai besoin de voir ma fille et de savoir qu'elle est en sécurité.

Vance est plein de mensonges. Paige ne travaillerait jamais pour lui.

Dante crie des ordres pour que les capos et les soldats nettoient les corps et sécurisent l'enceinte.

Nikki descend les escaliers avec Luca à ses côtés. Dante leur a déjà fait savoir qu'il n'y avait pas de danger à réapparaître et que j'aurais des questions à lui poser.

Je me précipite dans le couloir.

« Où est Nova ? » Je l'avais mise en sécurité dans la panic room avec Nikki et Luca avant de partir.

Comment est-elle sortie ?

« Je suis vraiment désolée », la voix de Nikki tremble. « Paige est venue, et j'ai ouvert la porte. Je n'aurais pas dû, mais je pensais que vous étiez tous les deux de retour, et que tout était fini. » La culpabilité pèse lourdement sur ses traits.

C'est pâle comparé à la dévastation que je ressens.

Je ne veux pas perdre ma fille.

« Où l'a-t-elle emmenée, Nikki ? » Je ne suis pas du tout calme ou rationnelle en ce moment.

J'ai besoin de réponses.

« Je ne sais pas. Vance est venu et l'a laissée partir. Elle travaille avec lui ! »

Je n'arrive pas à y croire, mais après ce que Vance a dit sur Serene, ma tête est dans un tourbillon. Je ne sais plus quoi croire ou à qui faire confiance.

Mais j'ai besoin de ma fille. Sa sécurité est ma priorité numéro un. « Comment est-elle partie ? » Je demande.

Son véhicule était toujours en ville, abandonné quand elle a été enlevée.

« Je ne sais pas. Elle a pris un jeu de clés de voiture », dit Nikki.

Je me précipite dehors pour prendre note des véhicules qui manquent encore. « Elle a pris le SUV. Dante, j'ai besoin de ton téléphone. » Je ne prends pas la peine d'expliquer, seulement de l'interrompre.

« Pourquoi ne peux-tu pas utiliser le tien ? » demande-t-il en sortant son téléphone portable et en le déverrouillant avant de me le tendre.

« Il a été grillé dans l'explosion », dis-je. J'ouvre l'application de suivi et je cherche le véhicule spécifique qu'elle a attrapé.

Bien sûr, le GPS fait tic-tac sur la carte, indiquant qu'elle n'a pas quitté la ville.

Je prends les clés et me précipite dehors.

Nikki me poursuit. « Tu as besoin de renfort ? »

Je doute qu'elle propose son aide, à part informer les soldats que je veux une escorte.

« Non, je l'ai. » Je ne veux pas effrayer Paige.

S'il y a une chance qu'elle travaille pour Vance, je dois le savoir, et amener une armée ne pourrait que causer plus de problèmes.

De plus, vu l'endroit où elle va, on va déclencher une guerre si j'amène des soldats. Nous devons rester hors du radar.

41

PAIGE

"TU AS L'INTENTION DE COURIR ? » Jaxson demande.

« Quel autre choix ai-je ? J'ai travaillé pour Vance ! Moreno ne me pardonnera jamais, et tant que Vance sera en vie, je serai toujours un pion pour lui, un outil qu'il pourra utiliser pour faire du mal à Moreno. La prochaine fois, il pourrait ne pas me laisser partir, et j'ai entendu dire qu'il a assassiné Serene et Laura. Je ne serai pas le prochain. »

Bien que je ne sois pas sûr qu'il ait spécifiquement tué Serene et Laura ou que ses hommes l'aient fait, il est toujours entièrement responsable de leurs morts.

Jaxson presse ses lèvres l'une contre l'autre. « Puis-je faire une suggestion ? »

Je croise mes bras sur ma poitrine de manière défensive. « Quoi ? »

« Parle à Moreno avant de partir. »

Je ne veux pas admettre à Jaxson ou à quiconque que j'ai peur de la réaction de Moreno quand il me trouvera.

« Ce n'est pas une bonne idée », je dis en me dirigeant vers la porte. Le plus tôt je partirai, le plus loin je pourrai aller avant qu'il ne se montre à la recherche de Nova.

Venir chez Ariella et Jaxson est le premier endroit où j'ai pensé à aller, ce qui signifie que Moreno aura la même idée. Ce n'est pas un secret qu'Ariella et moi sommes devenus amis.

« Nous avons de la compagnie ! » Ariella appelle du salon.

Je n'ai pas encore entendu la porte. Peut-être qu'elle regarde par la fenêtre ?

« Reste icI », me dit Jaxson en sortant de la chambre et en fermant la porte derrière lui.

Je me précipite vers la fenêtre de la chambre et regarde à travers les stores.

J'ai l'estomac noué quand je vois Moreno sortir de son 4x4. Je pense que je vais être malade.

Oubliez ça. Je sais que je vais être malade.

J'ai envie de courir.

Peut-être que je devrais.

Moreno se dirige vers la porte d'entrée, j'ouvre la fenêtre et je sors, me dirigeant vers le SUV que j'ai emprunté plus tôt.

Je sors les clés de ma poche et saute dans le véhicule, appuyant sur le bouton de démarrage du moteur. Je mets le SUV en marche, et la porte d'entrée de la maison d'Ariella s'ouvre.

Moreno est là, à me regarder pendant que j'appuie sur l'accélérateur.

Tout ce que je vois dans son regard est la déception.

Et peut-être de la colère mélangée.

Il n'est pas heureux de me voir. Pourquoi est-ce que je m'attendrais à ce qu'il le soit ?

Mes pneus crissent, et Moreno retire son arme de sa hanche et la pointe sur la voiture en s'approchant.

Il ne va pas vraiment me tirer dessus.

Si ?

Il tire plusieurs balles sur le sol, faisant exploser les pneus avant que je puisse quitter l'allée.

Je tape du poing sur le volant.

Moreno me fait signe de sortir du véhicule.

Est-ce qu'il va me tirer dessus ?

« Tu as des menottes sur toi ? », crie-t-il à Jaxson.

Je n'ai même pas pris la peine de verrouiller la porte de la voiture en me précipitant à l'intérieur.

Moreno tire sur la poignée de la voiture, son arme pointée sur moi. Je ne sais pas combien de balles il lui reste, mais je ne veux pas le savoir.

« Allez-vous me faire arrêter ? » Je demande.

C'est pour ça qu'il insiste pour me menotter ? Il va me traîner en prison ? Va-t-il appeler les flics et me dénoncer pour avoir kidnappé Nova et volé son véhicule ?

« Non », dit Moreno.

Jaxson est à côté de lui en un rien de temps, et lui remet un jeu de menottes en métal.

Moreno me sort de la voiture, me force à mettre mes mains derrière le dos et me presse contre le SUV.

Je sens le métal froid se refermer sur mes poignets.

« Que prévois-tu de faire ? » Je ne suis pas sûr de vouloir savoir ce qui va se passer, mais je ressens le besoin de demander quand même.

« Tu le sauras bien assez tôt. » Il ouvre la porte du passager de son véhicule et me pousse à l'intérieur.

Moreno attrape la ceinture de sécurité et se penche sur mon corps, mettant la boucle en place avant de claquer la porte.

Ariella sort, portant Nova. Elle me lance un regard d'excuse, comme si elle se sentait coupable de m'avoir trahi.

Elle ne devrait pas.

Je me suis fait ça tout seul.

Trahir Moreno était un choix que j'ai fait pour sauver Nova. Je le referais encore une fois.

Il est temps que je vive avec les conséquences.

42

MORENO

« NIKKI, tu peux mettre Nova au lit ? » Je demande, en me dirigeant vers l'intérieur de l'enceinte.

Nova a été silencieuse. Non pas que j'attendais beaucoup d'elle.

Paige semble avoir pris une leçon de Nova.

« Bien sûr. Viens », dit Nikki et l'entraîne dans les escaliers.

J'attends qu'elle disparaisse dans le couloir avant de retourner au SUV et d'escorter Paige hors du véhicule, menottée.

« Les menottes sont-elles vraiment nécessaires ? » C'est la première chose qu'elle me dit depuis que je suis monté dans le véhicule avec elle.

Pas d'excuses.

Pas d'explication.

Juste le silence.

« Jusqu'à ce que j'ai des réponses et que je puisse à nouveau te faire confiance, oui. » Je la tire à l'intérieur de la maison, ma main saisissant son bras alors que je la conduis vers les cellules de détention.

« Où est-ce qu'on va ? » sa voix est cassée.

Cette fois, je réponds en silence. J'appuie sur l'interrupteur et les lumières s'allument alors que nous descendons la cage d'escalier vers le sous-sol.

Plusieurs cellules de prison sont alignées au sous-sol avec des barres de fer et sans fenêtre. Les murs sont en ciment, et la pièce est assez fraîche, même pour l'été.

J'ouvre la porte de la cellule et la pousse à l'intérieur. « Tournez-vous », lui dis-je et je déverrouille les menottes, lui laissant les mains libres.

J'empoche les menottes et ferme la porte de la prison, l'enfermant à l'intérieur avant de me tourner vers la cage d'escalier.

« Moreno », dit-elle, sa voix semble cassée. Comment puis-je savoir que ce n'est pas juste un autre jeu pour elle ? « S'il te plaît, laisse-moi t'expliquer. »

Je monte les escaliers en trombe. Je dois mettre Nova au lit et voir comment ma petite fille se porte après la journée qu'elle a endurée.

Une fois que Nova sera endormie, je rendrai une autre visite à Paige, mais pour l'instant, je préfère la faire attendre et lui demander quand je reviendrai la chercher.

La cellule de la prison est dépourvue de lit. Il y a un seau pour pisser. Il n'y a pas de couvertures, pas de confort chaud, pas même une chaise. Bien que de temps en temps, on en apporte une et on laisse le prisonnier s'asseoir pendant qu'on l'attache et qu'on torture ces salauds.

Je monte péniblement les escaliers, laissant les lumières de la prison allumées.

Je ferme la porte du sous-sol et me dirige vers le couloir et les escaliers pour vérifier que Nova va bien.

Nikki sort à peine de la chambre de Nova. « Elle s'est changée pour aller au lit et a été bordée. Elle ne semble pas fatiguée, mais elle s'est retournée et a fait semblant de dormir quand je lui ai proposé de lui lire une histoire. »

« Merci, Nikki. » J'apprécie l'aide.

Nikki se tient debout, me regardant fixement. Elle ne semble pas se rendre compte qu'elle est renvoyée.

« Pourquoi as-tu ramené Paige ici, sous notre toit ? Elle a kidnappé ta fille. » Nikki attend que je réponde.

Si elle a kidnappé Nova, elle a fait un travail terrible en l'amenant chez Ariella et Jaxson. Et Paige ne serait pas partie volontairement avec Vance plus tôt dans l'après-midi. Je ne peux pas laisser le soupçon tenace qu'elle a été piégée comme je l'ai été, avec l'explosion de l'installation où nous nous sommes infiltrés.

« Je n'ai pas à me justifier auprès de toI », dis-je.

Nikki se moque. « Eh bien, tu vas devoir t'expliquer à Dante. » Elle se précipite dans le couloir, ses talons claquent avec force contre le plancher.

Est-ce qu'elle essaie de réveiller Nova ? Elle est certainement en train de causer une scène.

Plusieurs gardes regardent dans notre direction alors que Nikki descend les escaliers.

Expirant un soupir, je me dirige vers la chambre de Nova pour mettre ma petite fille au lit. A part la veilleuse licorne à côté du lit, les lumières sont éteintes.

Elle se retourne et jette un coup d'œil à travers les paupières lourdes, se redressant dans le lit dès qu'elle me voit. « Où est Paige ? » demande Nova.

« Elle ne peut pas te border ce soir. »

La moue sur sa lèvre inférieure me retourne l'estomac. Cette fille est amoureuse de sa nounou.

Ouais, eh bien, moi aussi.

Maintenant je suis éternellement en conflit.

« Tu veux me dire ce qui s'est passé aujourd'hui ? » Je demande. Je fais confiance à Nova pour raconter les événements, quels qu'ils soient.

Nova s'allonge sur le matelas et remonte les couvertures autour d'elle. Elle ferme les yeux.

C'est un non.

Je m'assieds au bord du lit de Nova, en espérant qu'elle me parle et s'ouvre. « Paige t'a dit où elle t'emmenait ? »

Encore une fois, je me heurte au silence.

« Nova, je dois savoir ce qui s'est passé, ou je vais devoir renvoyer Paige. »

« Non ! », crie-t-elle en se redressant dans le lit, les yeux écarquillés et le front couvert de sueur. C'est comme si elle avait fait un mauvais rêve, mais c'est trop réel.

Je ne suis pas sûre de ce que j'attends d'un enfant de quatre ans. Peut-être que je donne trop de crédit à

Nova pour expliquer ce qui s'est passé et défendre Paige ou l'impliquer...

————

Je descends en trombe les escaliers de la prison.

Nova est bordée dans son lit, et je n'arrive pas à rester en place assez longtemps pour attraper quelque chose à manger, sans parler d'un verre d'eau. A ce rythme, je le jetterais contre le mur par frustration.

Paige me doit une explication.

J'exige des réponses.

« Depuis combien de temps travaillez-vous pour Vance DeLuca ? » Il n'y a pas de civilités dans mon approche.

Elle est assise sur le sol. C'est froid et poussiéreux. Paige ne tente même pas de se lever quand je descends en trombe les marches du sous-sol.

« Il dirige l'agence de nounous que vous avez engagée. Je n'avais aucune idée de qui il était, du lien avec ta famille, rien de tout cela jusqu'à la nuit au club où il s'est montré. Je ne suis pas loyale envers luI », dit-elle.

Paige me regarde fixement. Elle ne se lève pas et ne bouge pas de sa position sur le sol.

J'observe son expression et j'essaie de lire dans ses yeux, si elle tressaille ou pas. J'étudie ses lèvres et si sa voix tremble quand elle parle.

J'ai interrogé des dizaines d'hommes dans ces mêmes cellules et torturé la plupart d'entre eux.

Je ne reconnais aucun signe de mensonge de sa part, mais cela ne veut pas dire qu'elle ne m'a pas trompé. Serene l'a certainement fait si ce que Vance a dit est vrai.

« Et quand il s'est montré au club, et après que je t'ai parlé de Serene, tu n'as toujours pas avoué ! »

« Je suis désolée », murmure-t-elle, en me fixant droit dans les yeux. « J'avais peur. »

La colère monte en moi. « Donc, tu as pensé à enlever ma fille et à l'emmener, quoi, faire un tour chez Jaxson ? »

Paige laisse échapper un lourd soupir. « Ce n'est pas ce qui s'est passé. »

« Alors donne-moi ta version, Paige. Je meurs d'envie d'entendre ce qui t'a poussé à kidnapper ma fille. »

Elle grimace, et ses yeux se plissent à mes mots.

« Vance et ses hommes m'ont forcée à monter dans leur véhicule cet après-midi. »

Cela correspond à l'histoire que je connais et à la raison pour laquelle elle n'est pas rentrée à la maison, mais je ne peux m'empêcher de douter de ses paroles. « Forcée, ou vous y êtes allée de votre plein gré ? Vous travaillez pour lui. »

« Ils m'ont tenu en joue », dit-elle.

« Et ? » J'ai besoin qu'elle en dise plus.

Elle hésite. Ses yeux s'agitent, et elle se déplace sans ménagement sur le sol, dépliant ses jambes puis les ramenant sur sa poitrine.

« Et rien. Tu veux m'enfermer ici. Je le mérite. Je me suis fait avoir », dit Paige. Elle pose son menton sur ses genoux. « J'ai été assez stupide pour franchir la porte de l'agence et demander un travail. J'ai cru que les menaces de Vance étaient réelles. Il n'y avait probablement pas un traître dans votre maison ou une bombe prête à exploser. Il s'est joué de moi. »

« C'était stupide de l'écouter », je dis, mais la colère que je nourris commence lentement à se dissiper. « Il y avait une bombe, mais elle n'était pas ici. »

« Quoi ? » Ses yeux s'écarquillent sous le choc. Elle n'avait aucune idée de ce que j'avais vécu. Un seul regard sur ses vêtements sales et déchirés, sur les marques rouges et les écorchures séchées du sang, et je ne sais pas ce qu'elle a traversé, elle non plus.

« DeLuca a essayé de tuer mes hommes et moi », je dis. « Dante a de la chance qu'il n'ait pas été presque réduit en miettes lui aussi. » Je passe une main dans mes cheveux.

Je peux encore sentir la vague de l'explosion et la chaleur qui m'a jeté au sol.

Mes hommes ne me trahiraient jamais. Ils savent ce qu'il en coûte, leur vie.

« Tu travailles toujours pour Vance DeLuca ? » Je demande à nouveau.

J'ai besoin de savoir sans aucun doute que Paige est fidèle à la famille Ricci et à moi.

Ses yeux sont larges et brillants comme elle me regarde fixement. « Mon seul lien avec lui était l'agence de nounou, et vous me fournissez mon salaire. Je n'ai pas d'autres liens avec lui. »

Elle a raison. J'ai payé grassement l'agence de nounous, Inc. pour engager Paige. Je n'avais aucune idée de qui je finançais.

Je la crois, mais ça n'enlève pas la colère et la douleur, la trahison qui brûle en moi.

« Est-ce qu'il t'appelle ? T'envoie-t-il des SMS ? » Je demande.

« Non. Il m'a kidnappé dans la rue et a demandé à ses hommes de me poursuivre dans la forêt. Je jure que je n'ai pas été en contact avec lui depuis que je suis entré dans son bureau et que j'ai demandé un travail. »

C'est un jeu pour Vance.

Manipulation.

La peur.

Le pouvoir.

Il veut contrôler l'empire de Dante et la famille Ricci. Mais il ne l'aura jamais. Il a essayé de nous déchirer, de détruire notre famille de l'intérieur, en commençant par Paige.

Eh bien, il a échoué.

Je déverrouille la porte métallique de la cave de la prison et aide Paige à se lever.

« Où m'emmenez-vous ? » demande-t-elle. Sa voix tremble, et alors que je l'aide à monter les escaliers, elle frissonne.

A-t-elle peur de moi ?

« En haut pour prendre une douche et ensuite au lit », je dis. Nous avons encore besoin de parler. Il y a beaucoup de choses à dire, mais pas ici, pas dans la cave de la prison avec elle en cage comme un animal.

Je veux m'excuser, mais je ne peux pas.

Elle a pris Nova.

Paige travaillait pour Vance, et même si elle avait de bonnes intentions, je suis encore sous le choc de son action.

43

PAIGE

PENDANT QUE JE prends une douche chaude, Moreno est assis sur mon lit, attendant que je réapparaisse.

Nous avons beaucoup de choses à nous dire, mais je ne ressens que de la culpabilité qui me pèse. Mon intuition me disait que quelque chose n'allait pas chez Nanny Agency, Inc.

Je n'ai certainement jamais imaginé que la raison était Vance et le fait qu'il travaille pour une famille mafieuse adverse.

Après m'être séché sous la douche et avoir enfilé un t-shirt et un short en coton, je passe une serviette dans mes cheveux avant de retourner dans la chambre.

Les chaussures de Moreno sont enlevées, sa cravate est desserrée.

Il est étalé sur mon lit et a l'air terriblement sexy.

« Assieds-toI », murmure-t-il, la voix rauque et épaisse. Il essaie de baisser le ton pour ne pas réveiller Nova dans la chambre d'à côté.

Elle devrait être profondément endormie maintenant.

Il tapote le lit et je m'assois à côté de lui, laissant beaucoup d'espace entre nous.

Moreno ne semble pas satisfait et m'attrape par les hanches, me tirant plus près.

Je ne m'attends pas à son audace, et son contact me fait glousser tandis que je tombe sur le lit.

Il lève un sourcil et me regarde fixement, son bras m'emprisonnant juste à côté de lui.

Je respire son odeur. C'est musqué et mélangé à de la fumée. Il a autant besoin d'une douche que moi, mais je ne suis pas prête à le lui faire remarquer.

Il y a quelque chose de chaud dans sa puissance, sa proximité, la façon dont il me regarde. Je presse mes lèvres l'une contre l'autre.

« Tu disais ? »

« Ne me mens plus jamais », dit Moreno. Il se déplace sur le matelas et attrape mes poignets, les coinçant dans le lit. « Tu as compris ? »

Je hoche la tête.

« J'ai besoin de l'entendre, Paige. »

« Je comprends », je dis et je me penche, voulant goûter à ses lèvres. Il devrait être interdit, mais je m'en fiche. Tout en moi hurle qu'il est ici avec moi et qu'il ne m'a pas jeté dehors ou fait assassiner pour ma trahison.

« Le veux-tu ? » Moreno demande. « Ce ne sont pas des mots légers à lancer. J'ai besoin de ta loyauté, ton honneur, ton engagement envers la famille et moi. »

Je lui souris. « C'est le discours que vous donnez à toutes vos recrues ? » Je le taquine.

Il grogne et se penche vers le bas, capturant mes lèvres avec un baiser brûlant.

Mes entrailles grésillent et sont chaudes alors que j'enroule mes jambes autour de lui.

J'ai envie de lui.

Je le veux depuis plus longtemps que je ne veux l'admettre.

J'ai combattu le désir croissant qui se développe en moi par peur, mais l'idée de ne pas être avec lui me fait plus mal que tout ce que je pourrais imaginer.

Est-il trop tôt pour tomber amoureuse de lui ?

« Vous engagez-vous avec la famille Ricci et moi ? » Moreno demande. Son front se pose contre le mien.

« Je suis loyal envers toI », je dis. « C'est tout ce que j'ai toujours été », j'avoue.

Les yeux de Moreno brillent de chaleur. « Bien. » Son souffle tombe sur mon cou, aspirant la chair sensible. « Dis-moi que tu me veux. » Ses baisers sont chauds et font frissonner mes entrailles de plaisir.

J'ai vraiment envie de lui.

Je veux plus que ses baisers.

« S'il te plaît », je murmure, ma voix se brisant.

C'est difficile de parler car mes pensées s'embrouillent. Il n'appuie plus mes poignets sur le lit. Sa paume caresse ma poitrine à travers ma chemise et il ramène ses lèvres sur les miennes pour un autre baiser brûlant.

Il me taquine avec cette danse lente.

Je soulève mes hanches, je tourne, j'ai besoin de plus qu'un simple baiser. « Je veux que tu me baises », dis-je en le regardant fixement.

Un sourire en coin se dessine au coin de ses lèvres.

« Langage coquin, Paige. J'espère que tu ne parles pas comme ça devant ma fille. »

Les yeux de Moreno se plissent d'hilarité. Il remonte ma chemise et laisse ses lèvres s'attarder, puis caresse ma peau nue avant de retirer ma chemise.

Ses yeux brillent alors qu'il admire mes seins, prodiguant à chacun d'eux toute l'attention nécessaire.

Mais je veux plus.

« Tu as trop de vêtements sur toi. » Je tire sur sa chemise, arrachant les boutons dans ma tentative d'ouvrir sa chemise.

Il me regarde fixement. « C'est prélevé sur ton salaire. »

Je pense qu'il plaisante. Je ne suis pas tout à fait sûr. « Alors je demande une augmentation. »

Moreno glousse et se retire assez longtemps pour enlever son pantalon avant que je ne l'ouvre à mon tour. « Couché, le tigre », dit-il.

Il me fait ça, me rend sauvage avec un besoin démesuré.

Jamais de ma vie, je n'ai connu un tel sexe, primal, instinctif, et flamboyant, intense comme la chaleur de mille soleils.

Sa main est rugueuse et chaude, et il glisse ses doigts à l'intérieur de mon short. Il frotte deux doigts contre ma culotte, caresse ma fente, me taquine...

« Tu es déjà humide pour moI », murmure Moreno à mon oreille.

Il gifle mon sexe, et je ne peux plus garder mes gémissements silencieux et étouffés.

Moreno enfonce sa bouche dans la mienne pour me faire taire. Sa langue franchit mes lèvres, et il fait tomber mon short et ma culotte d'un seul coup.

Il glisse le long de mon torse, sa langue effleure ma petite perle, deux doigts entrent et sortent de mon sexe.

Mes doigts se tordent en poings, s'emmêlent dans les draps alors que la chaleur et l'humidité montent en moi.

La pièce est plus chaude de plusieurs degrés, et je sens le crescendo d'un orgasme imminent.

Mes orteils se recroquevillent, et mon dos se cambre sur le matelas.

Il ne s'arrête pas. Sa langue continue d'opérer sa magie, à la même vitesse constante, me rendant folle.

Moreno sait exactement quoi faire, et je suis au bord du gouffre avant de tomber dans l'oubli.

Alors que j'halète pour respirer, mon cœur bat contre ma poitrine.

Mon sexe palpite pour en avoir plus de lui.

Un orgasme n'était pas suffisant. J'en veux un autre. Je le veux.

« Je reviens tout de suite «, murmure-t-il en descendant du lit.

Je gémis en signe de protestation et je m'assois, regardant son cul nu filer vers la salle de bain. Il ouvre le meuble du bas et fouille dans un tas d'affaires que j'ai réussi à garder propres et cachées.

« Tu ferais mieux de ne pas utiliser mes préservatifs sans moI », dit Moreno.

« Avec qui ? » Je ris de son absurdité. Ce n'est pas comme si je faisais entrer en douce des hommes dans ma chambre.

Je n'ai pas touché un homme depuis des mois, bien avant de venir à Breckenridge.

« Pas qui. Quoi. Tu as un vibromasseur. » Il attrape la base et me montre de dessous l'évier qu'il a découvert mon jouet. Comme si je ne savais pas que je l'avais caché sous l'évier, dans l'armoire.

Je ne pensais pas qu'il irait fouiller dans mes affaires.

« Tuez-moi maintenant », je murmure dans mon souffle.

Ce n'est pas comme si je pouvais mentir et dire que ça ne m'appartient pas.

« Cette chose va être jetée. Je ne vais pas laisser un jouet satisfaire ma femme. »

Sa femme ? Je me mords la lèvre inférieure pour ne pas sourire.

« Alors tu ferais mieux de revenir ici et de finir ce que tu as commencé », je dis. « Ou je pourrais avoir à le faire moi-même. »

« Oh, bon sang, non. » Il y a encore quelques secondes où il fouille dans le placard sous l'évier. « Je l'ai trouvé ! » Il attrape un préservatif et le ramène dans la chambre, ouvre le paquet et jette l'emballage sur la table de nuit.

Il était temps.

Il déballe le préservatif, et en quelques secondes, il se jette sur moi, me chevauchant sur le lit, ses lèvres descendant sur les miennes.

Je me penche entre nous, j'ai besoin de le sentir en moi. Mon corps bourdonne d'excitation.

Un gémissement s'échappe de mes lèvres quand il entre en moi. Pendant qu'il s'enfonce plus profondément, j'enroule mes jambes autour de lui et j'envoie ma tête en arrière.

Chaque poussée est lente et prolongée, comme si nous construisions un rythme ensemble.

Je passe mes doigts sur sa poitrine, puis le long de son dos, jusqu'à ses fesses, en le serrant plus fort.

Il prend son temps, savourant chaque moment.

Ses lèvres couvrent les miennes, et je serre les miennes, sentant l'orgasme imminent faire surface.

Moreno grogne en mordant mes lèvres, et sa bouche se déplace vers mon cou, suçant la peau.

Chaque poussée est plus profonde, plus dure, plus rapide et je le serre plus fort contre moi.

Mon cœur bat contre ma poitrine, et mes yeux se ferment, mon dos se cambre alors qu'il me pousse à bout.

Il grogne dans mon oreille, se laisse aller, s'effondre contre mon corps.

Je ne veux pas me détacher de lui, mais il se démêle et se retire dans la salle de bain pour jeter le préservatif.

En me glissant sous les couvertures, j'attrape la lumière et l'éteins à côté du lit.

Moreno éteint la lumière de la salle de bain et se glisse sous les couvertures avec moi, me tirant contre lui. « Dors, Paige », dit-il, en m'embrassant doucement.

J'ai envie de lui rappeler que sa fille va probablement nous voir ensemble demain matin, nus. Que nous devrions tous les deux mettre quelque chose puisque la porte adjacente ne ferme pas à clé, mais je suis trop fatiguée et j'espère que nous serons réveillés avant que Nova ne se glisse dans ma chambre...

ÉPILOGUE

Moreno

SEIZE MOIS PLUS TARD...

Ce salaud de Vance l'a bien cherché, et il devrait avoir exactement tout ce qu'il mérite.

La justice devrait l'enfermer et jeter la clé.

Il pensait qu'il pouvait me manipuler ? Paige ?

Bon sang, non.

Vance va avoir un réveil brutal.

Il est arrêté pour de multiples charges, dont kidnapping, agression, trafic d'êtres humains, blanchiment d'argent, meurtre, la liste est longue.

Les filles que nous avons secourues pour tenter de libérer Paige ont accepté de témoigner contre Vance.

Et après avoir appris son arrestation, Paige et moi avons parlé avec le département de police local de Breckenridge concernant Nanny Agency, Inc.

Nous avons tous les deux des soupçons que l'entreprise est une couverture.

J'ai l'impression qu'il recrute activement des jeunes femmes pour son trafic d'êtres humains.

Paige pense que tout l'endroit est une couverture pour blanchir de l'argent.

Elle n'a pas tort, non plus.

Bien que je n'aie pas de preuve directe, nous avons parlé avec le shérif local, et ils ont pu faire venir une jeune femme agent du FBI de l'extérieur de la ville pour y aller sous couverture.

Dans le même temps, le FBI enquête également sur les meurtres de Serene et Laura et parvient à relier Vance à l'arme du crime.

Au final, suffisamment de preuves sont réunies pour faire tomber Vance, Nanny Agency, Inc. ainsi que son second, Rafael, et l'un de ses capos, Marco.

Au moins Paige et moi avons pu tourner la page.

Et heureusement, alors que Paige avait des réserves sur un homme de l'intérieur, nous n'avons vu aucune preuve que quelqu'un a infiltré notre organisation ou la famille.

Vance est un menteur.

Il l'a toujours été.

Et le sera toujours.

C'est un soulagement de savoir qu'on peut faire confiance à mes hommes.

Nova a tellement grandi, elle est entrée en maternelle et est encore plus bavarde qu'avant la mort de sa mère.

Elle s'est fait une demi-douzaine de nouveaux amis, et même si je les laisse prudemment venir jouer chez moi, j'apprécie qu'elle soit un petit papillon social à l'école.

Je suis sûre que j'aurai les mains occupées quand elle sera plus grande, surtout avec les garçons. Je n'ai pas hâte qu'elle sorte avec quelqu'un.

Paige me rappelle sans cesse que c'est dans des années, mais je ne peux m'empêcher de m'inquiéter du type de jeunes hommes gênants qu'elle va attirer.

Je me regarde dans le miroir et je sais que je veux mieux pour ma fille.

Elle ne doit pas sortir avec quelqu'un de la mafia.

Jamais.

Ma relation avec Paige s'est épanouie au cours des seize derniers mois.

Je lui fais implicitement confiance avec ma fille et mon cœur.

J'ose dire que je l'aime.

Et je veux l'épouser.

La faire mienne.

Pour toujours.

J'ai l'intention de la revendiquer, de la vénérer, et de l'intégrer à la famille Ricci.

Paige a quitté la chambre qu'elle partageait avec Nova pour s'installer dans la mienne, ce que j'ai suggéré dès le premier mois de notre relation, afin de ne pas avoir à nous précipiter pour nous habiller et à craindre qu'un petit intrus découvre notre petit secret.

Qui n'est pas vraiment un secret.

Nova le sait.

Elle s'est faufilée la première nuit où nous avons dormi ensemble et a grimpé sur le lit pour nous réveiller en sautant sur le matelas. Heureusement, on était enterrés sous les draps.

Dante est au courant.

Il nous a entendu à travers les murs la première nuit où nous avons emménagé ensemble dans ma chambre.

On n'était pas vraiment silencieux.

Nikki est au courant.

Je ne sais pas comment ni quand elle l'a découvert, mais j'ai su que notre secret était découvert dès que Dante m'en a parlé.

Tous les gardes savent que Paige est à moi, et s'ils la regardent de travers, ils devront m'en répondre.

C'est un peu protecteur ?

Oui, mais c'est le propre d'un commandant en second. Je dois être prêt si quelque chose arrive à Dante, et si ça arrive et qu'il meurt, je jure que je le ramènerai juste pour le tuer moi-même.

C'est à ce point que je veux être Don.

Heureusement, nos affaires marchent bien avec Vance hors du tableau.

Nous devons toujours être prudents avec le FBI dans notre cour qui enquête sur les DeLucas.

Vance est actuellement en attente d'un procès. Je pense qu'il sera mort bien avant que le verdict soit lu. Les lâches comme lui qui s'attaquent à des femmes et des enfants innocents ne survivent pas longtemps en prison.

Les hommes comme moi mettent fin à leur vie.

Heureusement pour lui, je suis à l'extérieur. Mais ça ne veut pas dire que je ne connais pas quelques hommes enfermés derrière les barreaux, prêts à me faire une faveur.

Ils m'en doivent une.

Et j'ai l'intention de collecter.

———

Merci d'avoir lu Vœu Captif. Continuez l'aventure avec Vœu Sauvage.

J'ai reçu l'ordre de l'exécuter...

Je ne m'attendais pas à la revoir.

Nous avons partagé une nuit sauvage il y a plusieurs années.

Elle ne savait pas que je travaillais pour la mafia.

. . .

Je suis un tueur sauvage et impitoyable, mais elle est innocente.

Elle sauve des vies.

Je les prends.

C'est une infirmière en oncologie pédiatrique.

Pourrait-elle être encore plus une sainte ?

Elle est entrée dans la mauvaise chambre d'hôtel.

Il ne peut y avoir aucun témoin.

Mon patron la veut morte.

Sa vie est entre mes mains.

J'ai l'intention d'en faire ma femme pour la protéger.

Elle me détestera mais au moins je peux la protéger.

Cette romance secrète sur les bébés de la mafia met en scène un mariage arrangé et est le troisième livre de la série Mariages Mafieux. Ce livre peut être lu de façon autonome et se termine par un « happy ever after. »

Lisez Vœu Sauvage en un clic !

Prêt pour votre prochaine lecture en un clic ? Lisez la série Eagle Tactical en commençant par Révélation : Jaxson.

Et inscrivez-vous à ma lettre d'information pour être informé des nouveaux livres, des concours et des offres gratuites : www.authorwillowfox.com/subscribe.

Je vous remercie de m'aider à faire passer le mot, notamment en le disant à un ami. Les critiques aident les lecteurs à trouver des livres ! Veuillez laisser une critique sur votre site de livres préféré.

CONCOURS, LIVRES GRATUITS ET AUTRES BONNES CHOSES

J'espère que vous avez apprécié Vœu Captif et que vous avez aimé l'histoire de Moreno et Paige.

Inscrivez-vous à ma newsletter Willow Fox

Si vous avez aimé Vœu Captif, prenez un moment pour laisser une critique. Les avis aident d'autres lecteurs à découvrir mes livres.

Vous ne savez pas quoi écrire ? Ce n'est pas grave. Il n'est pas nécessaire d'être long. Vous pouvez raconter comment vous avez découvert mon livre : est-ce qu'un ami ou un club de lecture vous l'a recommandé ? Faites savoir aux lecteurs qui est votre personnage préféré ou ce que vous aimeriez voir se passer ensuite.

Merci de votre lecture ! J'espère que vous envisagerez de vous inscrire sur ma liste de diffusion pour recevoir des livres gratuits, des promotions, des cadeaux et des informations sur les nouvelles parutions.

À PROPOS DE L'AUTEUR

Willow Fox aime écrire depuis qu'elle est au lycée (il y a bien longtemps). Ses romances de petite ville reflètent la vie dans une petite ville de l'Amérique rurale.

Qu'elle écrive des romances ou qu'elle s'assoie près d'un feu de camp pour lire un bon livre, Willow aime la magie des mots écrits.

Elle rêve d'être emportée par le vent et espère le faire pour ses lecteurs !

Visitez son site Web à l'adresse suivante

https://authorwillowfox.com

AUSSI PAR WILLOW FOX

Aigle Tactique

Révélation : Jaxson

Furtif : Mason

Dissimuler : Lincoln

Clandestine : Jayden

Mariages Mafieux

Vœu Secret

Vœu Captif

Vœu Sauvage

Vœu Non Consenti

Vœu Impitoyable

Frères Bratva

Boss Brutal

Boss Vicieux

Boss Possessif

Boss Obsessif